阿克苏的风吹来

王秋珍 著

北京时代华文书局

图书在版编目（CIP）数据

阿克苏的风吹来 / 王秋珍著. -- 北京：北京时代华文书局，2024.8. -- ISBN 978-7-5699-5550-7

Ⅰ．I267

中国国家版本馆 CIP 数据核字第 20244KR106 号

Akesu de Feng Chuilai

出 版 人：	陈　涛
选题策划：	徐小凤
责任编辑：	石　雯
执行编辑：	徐小凤
营销编辑：	俞嘉慧　赵莲溪
装帧设计：	贾静洁
责任印制：	刘　银

出版发行：北京时代华文书局 http://www.bjsdsj.com.cn
　　　　　北京市东城区安定门外大街 138 号皇城国际大厦 A 座 8 层
　　　　　邮编：100011　电话：010-64263661　64261528

印　　刷：	三河市兴博印务有限公司		
开　　本：	880 mm×1230 mm　1/32	成品尺寸：	140 mm×210 mm
印　　张：	9.5	字　　数：	163 千字
版　　次：	2024 年 8 月第 1 版	印　　次：	2024 年 8 月第 1 次印刷
定　　价：	59.00 元		

版权所有，侵权必究

本书如有印刷、装订等质量问题，本社负责调换，电话：010-64267955。

·天山神秘大峡谷

·新和沙漠花海

・天山神木园

·天山托木尔大峡谷

·塔村

・睡胡杨谷

·石头城

· 白沙湖

·阿克布拉克草原

・柯坪红沙漠

目录

第一辑　一山一景有天香

睡胡杨　　　　　　　　　　003
阿克布拉克草原　　　　　　006
我叫柯柯牙　　　　　　　　009
新疆有个金华新村　　　　　013
雪的第二种表情　　　　　　017
有一种白，叫棉花白　　　　020
每道褶皱里都是传奇　　　　024
三步里醉倒　　　　　　　　029

胡杨林里的狼图腾	033
走近阿克苏	038
克孜尔的风，在哭泣	042
库车王府	048
我们有个共同的名字	052
时光里的生命奇迹	056
天籁加依	060
自带仙气的塔村	064
世界肚脐上的露珠	069
喀什，活着的千年古城	073
昆仑山下白沙湖	077
眉眼盈盈燕泉山	080
南孔儒学馆	084

第二辑　美食十二配郎酒

美食与爱	089
茴香	092
无花果	096
打馕	100

柯坪羊肉 104

烤包子 108

大巴扎 112

大盘鸡 117

烤全羊 121

你好，冰糖心 125

烤羊肉串 129

手抓饭 133

新疆烤鱼 137

吃完烤鸽，嘬一下手指 140

185 和新 2 143

第三辑　万里声名进学校

每天都有新的风 149

寒风中的少年 152

偷个妈妈当妈妈 161

麦麦提到底姓什么 169

我的诗歌探索课 173

赚了一把光阴 178

万里之外的来信	181
你约等于金色花	185
我有变美计划	190
打灯的孩子	197
老师的红柳枝条	202
老师，需要帮忙吗	206
好玩的讲座是什么样子	217
会跳舞的墙	220
滋养生命的选择	223

第四辑　簌簌衣巾落枣花

路痴如何抵达远方	231
阿克苏的太阳	235
每一种善都长着记性	238
22号是谁	242
捡到一排别墅	245
居家观察的女生	249
月亮最会欺负人	252
嫁给数学老师	255

有人爱你爱到了顶	260
你这是长征刚回来	263
有多少爱，就有多少暖	266
新疆的稀奇事	270

一山一景有天香

第一輯

那些叠加丰富的褶皱，弯曲明朗的线条，嶙峋多姿的石壁，仿佛每一道褶皱都在述说着传奇。这是生命的传奇，自然的传奇，也是美丽的阿克苏的传奇。

睡胡杨

黄，一望无际的黄，摄人心魄的黄。以英雄的姿态，傲立于茫茫沙漠。根系穿透厚重的时空，枝丫折断苍鹰的翅膀。

这是胡杨在我心中的形象。早在二十年前，它就以壮美的气质，成了我新书的封面。

2021年10月的第一天，是全国人民欢庆的日子。我们的行程上写着：睡胡杨谷。

阿拉尔，我们睡的是胡杨谷呀。太好了。

导游小柯笑了：睡的不是胡杨谷，睡的是胡杨。

睡胡杨——谷，不是睡——胡杨谷。我的胡杨，又如何睡了呢？

当我到达睡胡杨谷的时候才明白,这个"睡"字的每一笔,是如何的沉寂、沉重和沉痛了。

我的记忆倏然间断片儿。这是胡杨吗?

它们没有了漂亮的衣裳,没有了强劲的臂膀;只有残存的一点儿躯干,或者裸露的根桩,在地面上挣扎。有的胸膛洞开,像一张惊恐的嘴;有的撑开双手,像一位竭力振臂高呼的老人;有的全身散开,倾斜一侧,像断翅的雄鹰。

茫茫的灰白色沙土,和沙土一样颜色的残树桩,在蓝天下哭泣。如果哭声是一条条忧伤的鱼,那眼泪一定会把新疆的母亲河——塔里木河的水挤得溢出堤岸。

我也想哭。泪水被风沙迅速吹干。心中的悲伤汹涌而至。我的胡杨啊,茫茫沙漠造就你的生命,浩浩风沙雕刻你的灵魂。千年的沉默秋风万里,你用枯萎成就生命的涅槃,让一根根树桩述说沧桑的故事,让残缺的躯体再现孤傲的过往。

这分明是一个古代战场啊。那些叫胡杨的战士们,左冲右突,誓死不降。它们傲然挺立,把自己站成了壮士的模样。从此,世上多了一方英雄的群像,人间少了绚丽逼人的鲜黄。

我的胡杨,即使你睡着了,睡了百年千年,你的心中,是否依然有水流的方向?是否依然安放着梦升起的东方?

眼前,天空依然蔚蓝。那蔚蓝的深处,是否会有几朵雨做的云?它们是否会凝聚到睡胡杨谷上空,来一场酣畅淋漓的抒情，直到把睡胡杨一一唤醒？就像公主吻醒被巫婆施了魔法的王子。

听说，胡杨的根可扎入地下十多米的地层，然后将水分中的盐碱通过枝干排出体外。这些排出的液体就像眼泪一样，人称"胡杨泪"。如今的胡杨，你们的泪挂到了何方？

阿拉尔的风夹着沙带来消息：明末清初，以昆仑山融雪为源头的克里雅河，在穿越塔克拉玛干沙漠时断流。从此，胡杨渐渐沉睡，再也流不出眼泪。

此时，一块木头牌子闯入我的视野，上面写着：近年来，随着生态环境的改善，有的睡胡杨开始苏醒，枯木上抽出了新枝，以顽强的生命，诉说"生而不死一千年，死而不倒一千年，倒而不朽一千年"的英雄传奇。

我极力寻找，没有找到绿色的生命。但我相信，它一定在某个地方潜滋暗长。英雄的传奇故事，会在美丽的阿克苏写下新的篇章。

阿克布拉克草原

　　被誉为"南疆喀纳斯"的阿克布拉克草原，维吾尔语意为"清水泉"。它位于新疆维吾尔自治区阿克苏地区温宿县博孜墩柯尔克孜族乡。

　　从我们援疆的温宿县城到博孜墩，直线距离63千米，道路全程110千米。我们乘坐的中巴车颠簸了近三个小时。一路上，全是丹霞地貌的山。山体全部裸露着，一道道山脊仿佛是刀背甚至是刀锋。苍绿、枯绿、月牙白、承德灰、甘草黄、辰砂红，丰富的色彩让山成了油画。那桀骜不驯的气质，俨然马勒的音乐，在高音中张扬，在岁月里昂然。不，它们更像凛冽的瘦金体，那些菱形的切割面刚硬锐利，仿佛在迎战呼啸的风，以及坚挺的时光。

晚上，我们住在圆形外观的木头房里。月亮发出蓝莹莹的光。周遭一片安静。阿克布拉克草原就在不远处休憩。

早晨八点，我走向草原。太阳从地平线上洒出一片橘黄色。光芒似乎从洪荒时代出发，带着远古的气息。

天和地依然在沉睡。

一大片的格桑花或粉、或紫、或白，顶着亮晶晶的露珠，在茴香一样软软的身躯上娇美着。

走过格桑花，阿克布拉克草原仿佛一汪荡漾的湖泊，一波又一波，把温情送到天边。

远远望去，草原像刚出笼的大蛋糕，有抹茶绿，有柠檬黄，有石榴花红，每一种颜色都让人神往。那柔和的线条又像圆润的隶书，笔笔藏锋，处处柔软。

阳光渐渐成了调饮师，把新疆马奶子葡萄汁斟在草原上。草原瞬间成了童话的绘本。

蜜蜂在酿造蜜糖，鸟儿在对唱情歌，小虫在练习健美操。骑着白马、穿着民族服饰的王子在嗒嗒的马蹄声里由远及近。马蹄带着花香，在风里酝酿出香醇的慕萨莱思……

哞——

响亮的牛叫声，打破了我的遐想。

寂静的早晨，没有白马王子，却有牛、有马、有羊。羊们成群结队地在低头啃草。圆滚滚、白亮亮的身影像是会移动的石头。牛和马不需要结伴，它们高大的身躯，在茫茫草原上，也显得逊色了。草原的天空低低的，感觉云是草生出来的，在草原上跑来跑去。

踏进草原，原想躺下来打几个滚的想法倏地跑了。阿克布拉克草原有远处的天山雪水和清清泉水的滋润，自然是上天的宠儿。但远望时密集的草色，近看却有红色的土壤裸露。草原仿佛是一位外柔内刚的女子，用她不动声色的表现给我们上了一堂人生哲理课：距离是一种美，做真实的自己很重要。

草原是真实的。它不是人工铺设的绿毯，整齐划一，密不透风。草原上，有紫色木樨花，有白色的蒲公英绒球，有陡峭的草坡，也有苍翠的云柏。草原上的草，一簇簇，一团团，仿佛小孩子撒向天空的烟花。

是的，草原是一个倒扣在地面的天空。

我蹲下身，靠近一朵木樨花，嗅一下，那里有昨晚迷蒙的月色，有白云梳洗过的清香，有鸟儿划过的翅印，有蜜蜂嗡嗡的吟唱。花香和各种声响缠绵，使草原成了一个有故事的空间。

此时，太阳露出了半张笑脸。清凉的风滑过阿克布拉克草原。每一株草儿都摇摆起来，生命的汁液在其间流淌、喷涌，仿佛文森特·凡·高的画作铺了一地。

我叫柯柯乐

他看着看着,眼窝里就进了沙,又涩又疼。

秋天的风呼呼地跑过,一大块灰色的幕布被卷起,又扬开。太阳瞬间不见了。

几个月前,这里是一片希望。为了将这白茫茫的盐碱地变成绿林,他成了造林大军中的一员。他紧握铁镐,敲向砾石。火星迸溅,砾石纹丝不动。他毫不退缩。手上起了泡,一个个泡破了,手掌和铁镐柄上留下了暗红的图案,他好像没有看见。疼痛在此时也变得迟钝。他在心里喊:一个星期内,我必须完成一亩。

可如今,5000多亩啊,绿色的树苗,成了一根根干枯的柴。

他，宋海军，一名刚刚大学毕业来到新疆的共产党员，怎能不忧心如焚？

这片荒漠，地处新疆阿克苏柯柯牙。这片不毛之地，困扰着一代又一代的柯柯牙人民。百姓们戏言："柯柯牙人民很辛苦，一天要吃两斤土，白天不够晚上补。"

必须跳出"年年种树年年荒，年年种树老地方"的魔咒。宋海军在专家的指导下，开始了新的努力。

要种树，首先要解决两大问题：一是水，二是土。鉴于以往多浪河引水失败的教训，水利部门提出，要从温宿革命大渠引水。沉积几千年的黄土在盐碱作用下坚如磐石。大家用抽水泡地的办法，慢工夫里求进展。盐碱地泡上整整一晚上，水只能渗透土地五厘米。泡不了的地方，就只能砸。宋海军总是冲在最前面。他用铁锹、锤子一点一点往下砸，有时甚至跪在地上，用錾子一点点往下挖。那真是一点一点干啊，就像冰冻的羊肉，期待它在零下18℃的新疆慢慢"融化"。他原本白嫩的手掌，磨得像柯柯牙的老核桃壳；他的皮肤，像柯柯牙黑乎乎的棉桃，裂开了嘴巴。

有一次，他用锤子砸砾石时，飞起的碎片溅到他的额头上，嵌在了那儿。血流进他的眼睛里，他还在砸。

一旁的麦乌兰·麦麦提老汉的心，也像被割了一样。"孩子呀，你也太拼了。"宋海军这才知道，流进眼睛的不是汗水。

后来，宋海军在麦乌兰·麦麦提的陪同下，在医院缝了七针。医生叮嘱，先休息两周，不要剧烈震动，要防止伤口裂开。

宋海军连连点头。可是，一走出医院，他又拼上了。风像饥饿的狼群，驰突着，怒号着，它的尖牙刺破了宋海军的肌肤，以及额头上那块白色的纱布。宋海军在心里说："来吧，来吧，我们共产党人什么也不怕！"就这样，宋海军参与的这支250多人的修渠队伍硬是在四个月里，修成了一条长16.8千米，配有505个桥涵、水闸、跌水等水利设施的"干支斗农毛"的防渗渠系。

柯柯牙的土地，土壤盐碱含量高达9.8%。放眼望去，开裂的白色土地上，只有红柳东一丛西一簇地生长着。它们在一簇簇绿中，泛着点点红。这些孤单的身影，几百年来一直占据着柯柯牙人民的视线。必须压碱，改善土壤。宋海军跟着造林大军，进行了不懈的努力。尝试，失败，再尝试，再失败……屡败屡战，永远是开拓者的精气神。他们用渠水冲浇盐碱，开沟挖渠排水压碱。地表的盐碱被带入排碱渠中，黑色的水面泛着白色的盐花，像沉积千年的污水被流放。看着它们，宋海军仿佛听见了鸟儿在唱歌。

他真的听见了歌声！只见麦乌兰·麦麦提正拉着畜力车，在尘土飞扬中"嘿呦嘿呦"地过来。他的身后，隐约可见跟着几辆同样的车子。没想到，勤劳善良的柯柯牙百姓居然自发地用畜力车从几千米外的农田，拉来良土填上。宋海军的眼睛瞬间湿润了。他仿佛看到，成片成片的绿色在眼前铺展，延伸……

亘古荒原柯柯牙就这样被一把铁锹、一双手、一颗火热的心征服。盐碱含量降至0.8%，早先的水源被恢复，新的水源被开发。被打掉树头的树苗一棵棵地被栽下，一棵一棵的希望在柯柯牙的土地上盛开。

如今的柯柯牙，成了最美的生态绿地。柯柯牙精神，成了引领中华民族前进的号角。

如今的宋海军，是柯柯牙的护林员。每天在柯柯牙的核桃林、苹果林、胡杨林里穿梭，引洪灌溉、做病虫害防治工作，像一位责任心爆棚的保姆，呵护着一大群孩子。

眼前的秋天，映着30多年前的秋天。两路时间交汇在此时此刻。宋海军以及无数个"宋海军"已然看到，秋天，这个柯柯牙最美最香的季节，长出了无数青春的嫩芽，以及水一样的鸟鸣。

新疆有个金华新村

一个是西域雪山,一个是江南新村,它们相隔万里之遥,怎么产生联系?

此行,把我的问号拉直,成了一个饱满的感叹号。

金华新村位于新疆维吾尔自治区阿克苏地区温宿县托乎拉乡,原名库如力村。2019年,为感谢浙江省金华市的大力援助,该村遵照全体村民的意愿得以更名。

走进村庄,我们看到宣传栏上写着金华十一年来如何支援温宿,项目之多,数字之大,范围之广,让我深感震撼。金华新村的每个项目建设也是家乡人在策划和援助,体现了浙疆人民的深厚情谊,以及民族团结的美好图景。

白墙黛瓦，一家一庭院。一看就是江南水乡的模样。但它又比江南水乡多了独特的风味。那是南疆的风味。

庭院里，长廊上，全部垂挂着马奶子，它们一颗颗凝成一串串，一串串围成一簇簇，绿中泛白的长圆形葡萄，在阳光下剔透着，好像在和阳光挑逗。那甜蜜的情话，大大方方地在风中传播。又像一个个绮丽的梦在荡漾、流淌，是那样水润，那样恬静，那样诱人。有人忍不住"作案"，当起了窃梦者。啊，好甜啊。喜滋滋的声音，喜得头顶的马奶子也扭了扭腰肢。

村干部介绍说，金华市援疆指挥部引进了好多基地。其中的黑木耳基地，共有9个出耳棚和3个晾晒棚，以及54000个菌棒。每个菌棒能产黑木耳干品1两。去年，我的援疆同学素素专门寄给我好多黑木耳，可能就来自金华新村吧。

在我的遐想中，村干部带我们来到了核桃基地。来新疆前，我没见过核桃树，更没见过如此"爱笑"的核桃树。看，它们笑啊笑啊，笑得嘴巴都歪了。核桃青色的外皮，被笑裂，被卷起，土黄的核桃一不小心就滚在地上，好像揉着肚皮，乐得满地打滚的娃娃。

我把两个核桃放在手心，一用劲，核桃壳就破了，露出里面的核桃仁。这样的核桃，就是名副其实的纸核桃吧！它们的壳那么薄，它们的心也一定特别柔软吧！刚刚离开核桃树的核桃，身上还带着树的体温和叮咛。它们给予我们的，也是最温情的回馈。

　　走过一段路，一条河边，一对夫妇正在清洗核桃。核桃盛在一个长方体的大肚子容器里，男人正用一个高压力的水龙头冲向容器里的核桃。核桃在水里翻滚，起伏，亮白色的水花，土黄色的核桃，仿佛正在演绎着一曲维吾尔族民歌《亚里亚》。在不断地清洗过程中，小一点儿的核桃从一侧的小洞里掉出来，进了一个筐里。

　　来到水生蔬菜种植基地，大家一看那场面就欢呼起来。只见蓝得像丝绸一样柔和的天空下，是一眼望不到边的茭白和荷花。"这是冷水茭白，可以生吃，味道特别好。"介绍人的口气里，装着满满的自豪。

　　这里的茭白有龙茭、苔茭等品种。它们在阳光下发出微微的香味。每一株茭白，都藏着一个生命，一个洁白细嫩的生命。它们的叶子每一枚都直直地立着，显得精神抖擞。它们从江南来到新疆，已经把他乡当故乡了吧！

　　被誉为"水中人参"的茭白，营养价值显而易见。这里地处天山山脉脚下，大量的积雪融水提供了丰富的灌溉水源。再加上西域的光照时间长，昼夜温差大，冬季气温低，茭白获得了更高的颜值和营养价值。每亩茭白田，还套养了 100 千克小龙虾和 30 只甲鱼。温宿四中食堂的邓师傅曾经烧过一次小龙虾，肉质比我们家乡的紧实多了。

荷花有 250 亩，近 10 个品种。此时，不少荷叶已让位给了莲蓬。一个个莲蓬像倒挂的马蜂窝，每一个格子里都藏着秘密。那是生命的秘密。风起，荷叶轻轻掀起裙摆，莲蓬微微点头，像钢琴的琴键在弹奏。

鸟鸣声适时登场，啾啾唧唧，唧唧啾啾，此起彼伏，让人想起海边的浪，由远及近，渐次奔腾。到了眼前又由近及远，由急及缓，留下一路的清脆和明亮。它们也在歌唱江南和南疆——金华和新疆的情谊吗？

雪的第二种表情

我穿着一条秋天的长裙，上了车。手上抱着一件羽绒服。男老师们和往常一样，只穿了衬衫。

"不是说去看雪吗？"我问。"我看不一定有雪。我们金华那边36℃呢。"

国庆第四天，我们宅家无聊，想出去走走。

帕克勒克草原是距阿克苏温宿县城最近的草原，开车只需一个多小时。一路上，天很蓝，云很白。到处是裸露的山体。

"羊！羊！"随着惊喜的声音，我们往窗外看，戈壁滩上、矮矮的裸山上，有东西在移动。不仔细看，还以为它们是石头呢。只见绵羊们低着头在吃着什么。是骆驼草、芨芨草还是转蓬草？看起来那么光秃秃的、鲜有生命的地方，有什么好吃的呢？以前，我以为新疆的绵羊吃的都是一望无际的大草原上肥肥嫩嫩的鲜草呢。

在羊吃草的戈壁下方，是一条没什么水的河。河道很不平坦，处处是大大小小的石头。沿着这条河往前行驶，经常看到一群一群的羊。牧民中有年纪大的，也有小孩。羊，是新疆百姓很重要的一份财产吧。平时闲聊的时候，他们会不会比谁家的羊更多呢？

车子开了一个小时了。一点儿下雪的迹象都没有。不料，再往前一段，路上抹了一层白颜色。很快地，大片的白色扑面而来。从秋天到冬天，没有任何过渡，只需闭上眼，再睁开，世界就变了色彩。

啊，啊！大家纷纷叫嚷。只见茫茫一片白色，平坦得像一块巨大的画布。天空是白的，雪是白的。远方的交界处，只有一道宛如淡笔轻轻勾勒的横线。右侧的小亭像朵白蘑菇。那条有层次的木头路，跃在画布之上，使整个画面有了线条美，以及水墨的效果。

穿着衬衫的和穿着羽绒服的同事，都出现在一片喜悦的浪潮里。有的在雪地里奔跑，有的在雪地里跳跃，有的干脆躺在雪地上。我蹲下身子，抓一把雪，放在嘴边。雪硬硬的，还有一种特别的味道。

记忆里的雪,只有一种表情,那就是冷。抓一把雪在手心,雪是绵软的,它慢慢化开,把手指冻成胡萝卜。它飘进脖子里,脖子马上短了几分;它拥抱衣服,衣服马上少了热情。

帕克勒克草原的雪,有第二种表情,那就是甜。也许是因为它出生在秋天;也许是因为它投入的怀抱是草原。雪,改变了草原的气味,在青草的苦味、河流的腥味中,加入了透明的甜。花草们在雪的身子下,蜿蜒生动,把这个既纯洁又宏阔的世界,变得温情又婉约。调皮的芨芨草探出脑袋,像是在一个宏大的话题里,引用了一句有情趣的民间谚语,使全场的正经气氛有了一个轻松的出口。

世界变得简单。帕克勒克草原变得多情。

帕克勒克草原上的雪,是大自然的手指,是地上的白云,是甜甜的音乐。这音乐,落在草身上,落在屋瓦上,落在小路上,也有的逗留在空中嬉戏。音乐所到之处,幸福就开始结晶。

此时,音乐的尾音落在我们的身上。

原本平整的画布上,踩满了脚印。脚印叠着脚印,盛着满当当的快乐。只穿着衬衫的同事,看着脱了羽绒服拍照的同事,笑了。那笑声,多么像雪的表情。

有一种白，叫棉花白

　　阿瓦提的棉花，一眼望不到边。

　　春风拂面的留言，激起了我看棉花的热情。

　　来新疆一个月了，阳光一直慷慨着。新疆的老师开玩笑说，新疆的棉花不需要雨水。棉花喜热、耐旱，非常适合新疆这片干旱的土地。

　　我对棉花，有着特殊的感情。小时候，棉桃裂开以后，母亲就带我们去田野摘棉花。然后晒几个小时的太阳，将棉籽一一择出，请人弹棉花。裂开的棉桃像一位老朋友，坐在时光的深处，冲着我微笑。

　　这位老朋友，终于和我重逢于新疆。它改换了容颜，变得大气磅礴、意气风发，我几乎认不出它了。

阿克苏阿瓦提县被誉为"中国棉城""中国长绒棉之乡"。它是全球长绒棉日照超过3000个小时的产地。

可不，经过太阳深情爱抚的棉花，就是与众不同。

远远看去，它分明是一大片草原，茫茫一片深绿色上，托着无数白色的小花。不，那是天空映在大地上，调皮的星星们在跳着并不整齐的舞蹈。近了近了，五个花瓣鼓胀胀的，在阳光下展开，仿佛娃娃胖嘟嘟的小脑袋。小脑袋们挤着，挨着，推推搡搡，好不热闹。

"我最白。"

"我最美。"

"我最柔。"

……

绵软的声音，沾上了阳光，沾上了秋风，糯糯的，暖暖的。

我忍不住凑近了，把脸轻轻地贴过去。棉花毫无生分地吻了过来。

小时候的我，倏然间从时光隧道里走来。小姑娘在小小的棉花地里走动，一会儿看这朵，一会儿看那朵。看累了，又坐在田埂上，看看天上的云朵。

眼前的棉花，分明成了一朵云，一片云，一望无际的云。

天上的云朵，已然触手可及。你可以拥抱，可以摇动，可以对着它许一个小小的心愿。

纯洁的梦境，在无限地铺展。那是怎样的白啊。白云的白。白鹭的白。闪电的白。瀑布的白。

不，都不是。世上有一种白，就叫棉花白。那是一种汲取了大地营养的白，吮吸了阳光能量的白，紧紧团结在一起的白，丝丝缕缕相爱着的白。它仿佛不食人间烟火，仙气飘飘，却给人间带来朴素的烟火味。

采棉工正在采棉花。她们来自甘肃、四川、河南等地。每年的9月到11月，是棉花的采摘期。这些新海21号长绒棉，个子出挑，有一米多高。采棉工的脖子上挂着一个大袋子，叫棉花包。她们或蹲或站，两手一起，左右开弓。一朵朵的白色，纷纷飞进棉花包。人工采的棉花，没有杂质，绒保持原貌，不会断开。它们中将有一部分被做成军用物资，包括炸药包，进入军队。一般的采棉工一天可采100千克，多的可达150千克。以两元一千克计算，一天能挣200多元。

以前每到采棉期，火车会安排采棉工专列。现在，很多地方种的是落地棉，全部用采棉机采棉，往常需要人工采摘两个月的棉花，用采棉机两天就能采完。280亩茫茫棉海，只需一天，大片大片的棉花白就成了平坦的土地黄。新陆中7号落地棉只有五十厘米高，有的只有十几厘米。远远看去，简直和地面相平。这也为机器采棉提供了方便。

无论是长绒棉还是落地棉，都采用机械化的种植和管理。浇水靠滴灌带，打农药靠无人机，播种靠装有北斗导航系统的大型双膜播种机。耙地、施肥、平地、铺膜、播种、铺设滴灌带等工序，一台播种机一次就能出色完成。新疆的棉花，已然不是我小时候的模样。它像一场盛大的花事，点燃了新疆的原野，那么无边无际，那么深情款款。它让经过的车辆，飞出一声声惊呼：白云落地上啦——

棉花，这朵世上最温暖的花儿，以棉花白的动人姿态，绽放在新疆奔放的阳光下，绽放在新疆人民的心田上，绽放在每一个暖暖的日子里。

每道褶皱里都是传奇

天山托木尔大峡谷，能满足你的所有想象。能让你穿越到亿万年前。能让你在同一个地方欣赏一年四季。能让你在石壁的每道褶皱里看到传奇。

欣赏了托木尔大峡谷，我在手机里写下这段话。

从新疆阿克苏温宿出发，大巴车往东北方向行驶了八十余千米，视线突然开阔起来。一眼望去，是无垠的砂石荒芜地带，空旷、荒凉得像一个悠长而单调的音符，只有东一簇西一簇的骆驼草和芨芨草迎着赤裸裸的阳光。前方，隐约可见"围着白纱巾"的天山托木尔峰。

"到了！到了！"我们欢呼。导游淡淡然："早着呢。"

果然。行驶了四十分钟后，才到达游客中心。趁着导游买票的间隙，我看起了宣传栏。托木尔大峡谷是世界自然遗产，总面积约二百平方千米。这里曾是通往南北天山古代驿路木扎尔特古道的必经之地，传说玄奘西天取经从此路过。它是天山南北规模最大、美学价值最高的红层峡谷，被誉为"峡谷之王"，是一个以红色碎屑岩地貌和盐丘地貌景观为主体的国家地质公园。大峡谷地质地貌的丰富性世所罕见，有峡谷地貌、风蚀地貌、河流地貌、构造地貌、盐溶喀斯特地貌等等。

峡谷内沟壑纵横、迂回曲折，到处是红崖赤壁和千姿百态的石峰石柱，远远望去，犹如荒城古堡，展现了一种荒凉之美。更引人注目的是，这些红层地貌与托木尔的雪山冰峰相映衬，形成了红与白、冰与火般的强烈反差和对比，展示了高山与荒漠特有的自然景观，给人以巨大的视觉震撼。

景区入口处的左侧，是阿其克苏河，维吾尔语意为"苦水河""咸水河"。顺着河往上看，赭红色的山体上，附着斑驳的白色，让人怀疑雪山来到了近前。这些白色的物质，不是积雪，而是盐。水顺流而下穿过一座座盐山，改变了阿其克苏河的气质和内涵。

带着探索的激动，我们改乘四驱越野车。车子下是一条宽阔的河床，河水发源于天山托木尔峰南麓的却勒塔格山脉。河床的脾气不同于柏油路，越野车被它时而激怒跃起，时而平稳落地，尘土飞扬，如一群骏马驰过。视线里，全是赭红色的石壁，几乎寸草不生。

颠簸了半个多小时，进入峡谷，只见眼前站着两棵树。这是托木尔大峡谷仅有的树，称"胡杨双雄"。新疆三棵树，胡杨、红柳、天山雪松。胡杨更是以"生而不死一千年，死而不倒一千年，倒而不朽一千年"著称。这两棵胡杨已经站了一千年，还将继续默默守望。"哥哥站着等你三千年"的牌子边，胡杨哥哥已经死亡，但它依然昂然屹立。它的主干是倒写的"人"字形，枝干像手一样张开，好像在招呼妹妹。五十米开外的胡杨妹妹枝繁叶茂，深情回应"妹妹站着等你三千年"。爱情，穿越了生和死，超越了世俗和岁月，让人敬畏和感动。

慢慢走在大峡谷中，仿佛来到了一个小说家构建的王国。到处是红崖赤壁，满眼是石峰石柱。壁立千仞、天画崖、幻影鹅首、黄金之吻、人面狮身、伟人峰、虎身鬼面等等，众多的名字下，是大自然的鬼斧神工。

几根峭拔耸峙的石柱，被命名为"生命之源"，意为大地之根。离此五十米处，与之呼应的是"生命之门"，意为大地之母。夸张而原始的外形，把人类最初始的命题点燃。大自然阴阳相伴，生命代代相传。

很多石壁，我叫不出名字，就随性地想象起来：这是巨大的屏风，一层层展开，挡住了身后的秘密；这是千层饼，被顽皮的小孩倾倒在地，倔强生长的盐生草就如从饼中溜出来的馅；这是古城堡，有着宫殿、栏杆、楼榭以及男男女女的笑声；这是蜂窝，一个个大大小小的窝窝里，盛着神秘的故事……这真的是一个王国，它们有自己的车辆、庄园、牧草以及文字。它们会呼吸，会说话，会思想。即使几千万年来，没有人懂得，它们依然生动着。我们需要慢慢地走近，静静地倾听，细细地领会。

形态各异的石壁石柱上，有的地方像春夏，铺着绿色的小草，让人惊叹于生命的力量。更多的地方像秋天，有着火火的黄、酷酷的荒，只见褶皱，不见草茎。它们陪伴着远处天山千年不化的积雪，可谓一眼过四季啊。

当地人称天山托木尔大峡谷为"库都鲁克大峡谷"。在维吾尔语中，"托木尔"意即铁，"库都鲁克"意即惊险和神奇。真正的惊险和神奇都是时间的产物，大自然的产物。天山托木尔大峡谷形成于中生代白垩纪，历经亿万年的风雨侵蚀，由内陆湖泊沉积的地层形成绝壁高耸、嶙峋怪异的奇特景观。红层和丹霞地貌，是地质层结构发生变化的见证。

我俨然看到，在历史的纵深处，火热的岩浆滚滚而涌，冲向蓝天，冲向大地。所到之处，动物们纷纷哀叫逃窜，植物们痛苦地被淹没、被焚烧……美丽和神奇的前身，往往是伤痕，是苦痛。

想到这儿，再看那些叠加丰富的褶皱，弯曲明朗的线条，嶙峋多姿的石壁，仿佛每一道褶皱都在诉说着传奇。这是生命的传奇，自然的传奇，也是美丽的阿克苏的传奇。

三步里醉倒

阿克苏国家湿地公园坐落于阿克苏河冲积扇上，占地面积达5000亩。这是南疆地区最大的国家级湿地公园。它建立了自然与城市、城市与人、人与生态之间的和谐关系，被誉为生物超市、天然水库和鸟的天堂。

宽阔的道路两旁，霸占眼睛的是一大片一大片的马鞭草。它们以深情的紫色，呼唤着我们这群万里之外的客人。波斯菊开着玫瑰红的花朵，菊芋的黄色花儿像一个个小太阳。有一种花儿，叶子像松针，细细的，却比松针更柔软、更娇嫩、更繁密。有人说它叫野香菜，有人说它叫盐碎梅，有人说它叫秋英。在这里，众多的花草让你对大自然产生探索的热情。我总是追着同伴问:"这个叫什么名字?这个呢?"俨然回到了学生时代。

"这是核桃树。"带我们过去的新疆朋友说。我随着她的手看过去,只见一树的叶子带着黄绿色,形状像微型的芭蕉。几天前,这棵树上一定长满了青青的核桃。我的房间里,就放着一箱核桃,香梨大小,把青色的外皮剥开,里面是体积小了一半的土黄色核桃,上面攀着白色的小丝,它们歪歪扭扭,纵横来去,俨然树的根须。剥开核桃,白色的核桃肉带着一腔的汁水,以脆脆甜甜的姿态招呼我们的味蕾。

新疆人民真有福气,想吃新鲜的核桃了,就能顺手摘几个。一天三个,一连吃上几周,把自己吃得健康又聪明。难怪我们这群援疆人纷纷寄新鲜核桃回家乡呢。

有一种树上,长满了红色的果实,大小像枸杞。同伴摘下两颗,一尝,带一点儿酸,又带一点儿甜。"这是沙棘,可以做饮料的。"得知其真名,我有些惊喜,赶紧拍下照片,感谢它如火的热情。

没想到,有如此热情的还有山楂树和野苹果树。它们的果子长得一样大,都带着火火的红。只是山楂果外皮粗糙,密布着小麻点;野苹果外皮光滑,更有光泽。

你见过柳树"生宝宝"吗?在阿克苏国家湿地公园,我看见一棵柳树上挂着很多圆滚滚的果实,带着含蓄的黄。不知道它为什么会如此与众不同。它是柳树中的"独行侠"吗?喜欢不走寻常路，在树的世界里，也是值得点赞的吧。

杨树和榆树"一站"就是一排。杨树白色的躯干上，有很多天然的疤瘤和瘿疠，看起来有一种独特的沧桑之美。真正的美，往往有着岁月的沉淀。树如此，人亦是如此。新疆的行道树，大多数选择杨树。它们挺拔高耸，既有视觉上的震撼力，又引发我们内心的震撼。杨树根四周还会长杨树菇。白色的躯干上顶着一个灰黄色的小脑袋，像极了憨憨的婴儿。如果长开了，脑袋的直径可达二十厘米，摸上去软软的，俨然海绵宝宝。翻过身，杨树菇的脑袋白里带着小黑点，就像魔鬼鱼的肚皮。九月正是品尝新鲜杨树菇的时节。榆树的叶子下端绿色，上端鹅黄色，带着被阳光深情拥吻的娇羞。远远看去，让人以为这些树开出了一冠的花儿。

花草树木的种植讲究高低的错落。在低处和杨树对望的还有甘草、梭梭、马兰花、鼠尾草、金鸡菊、鸢尾花、指甲花、鸡冠花等植物。

掩在草木丛中的，还有一块块的大石头。不，它们分明是开屏的孔雀、抱着宝宝的企鹅、咆哮的老虎，以及一池的鲤鱼、睡莲。

湖水像天空的眼睛，里面住着白云、芦苇和鸳鸯。

白鹭湖、鸳鸯湖、翠鸟湖等等，都和芦苇朝夕相伴，上演着忠贞不渝的爱情。"蒹葭苍苍，白露为霜。所谓伊人，在水一方"。此时的芦苇虽已开花,但它们依然以箭矢的姿态崛起,仿佛什么力量都无法阻止它的追求。一群麻雀突然在芦苇丛中飞起,又落下,像天空撒下了一大把糖果。

鸳鸯在湖里自在地游着。有时游成破折号,有时游成省略号。这里,没有人会打搅它们。白鹭时而在湖面啄食,时而飞向天空。它是想和白云比白吗?

回到入口处。一湖的荷叶在秋风里翻卷。莲蓬已枯,黑色的莲子陷在蜂窝一样的巢里。有的荷叶黄了半边儿,有的黄了一圈。阴凉处,依然有荷花绽放,又红又大。父亲挖了25年的塘藕,荷花是白色的。俗话说,红花莲子白花藕。这些荷花,结下的新鲜莲子,味道一定特别清甜。

公益宣传片《大自然在说话》中,有一句台词:"大自然不需要人类,人类却离不开大自然。"阿克苏国家湿地公园成功地修复了生态,让污水横流、垃圾遍野之地,成了大自然的"肾",给子孙留下了"绿色银行"。在这里,一步是花,二步是湖,三步是鸟。只要你来,就能享受三步里醉倒的惬意。

胡杨林里的狼图腾

要问世上什么颜色最震撼人心,自然是天空的蓝和胡杨的黄。

到阿瓦提的刀郎部落,你的眼睛会深深迷恋,久久不愿离开。

十一月初的新疆阿瓦提,已是冬天的模式。胡杨的叶子有的金黄,有的浅灰。风起,树叶像无数鸟儿翩翩然离开枝头,以一种绝美的姿态投入大地的怀抱。它们栖息在地上,地面有了金属的质感和阳光的深情。

在胡杨款款的召唤中,我们走上了同心桥。桥面两侧是台阶,中间是斜坡,全部用石头铺成。桥下的河叫刀郎河,也叫阿瓦提大渠。右侧是月亮湾。这里流淌着一个爱情故事。有个巴郎叫阿不都艾尼，爱上了刀郎河对岸唱木卡姆的阿依古丽。他每天坐在小岛上弹着刀郎艾捷克，唱着自己改编的歌。歌声和痴情打动了阿依古丽，却遭到了部落长老的反对。阿依古丽就是月亮花的意思，阿不都艾尼就日复一日地在刀郎河里填筑一个月亮形的岛屿，来表达自己的真情。

刀郎河的岸边，有圆圆的木车轮，或竖着一排摆过去，或一个个围起来，层层叠放，代表生命的轮回。上端横上一个，立上羊头骨，分别朝向四个方向，寓意对部落的守护。它们在胡杨的呼唤里，在白色芦苇花的目光里，在河面停着的卡盆船的歌声中，演绎着刀郎文化。河边还塑着一尊倒骑毛驴的阿凡提。人们尊重阿凡提，纷纷向他打招呼，阿凡提倒骑毛驴，面向大家，还以同样的尊重。

走了不到几百米，就看到了刀郎城堡。土黄色的围墙不高，上有"刀郎部落"四个大字，分别用汉语和维吾尔语书写。最吸引人目光的是城堡上面的狼头。整个头部由木头组建，除了眼睛，全部是棱角分明的直线，表达着狼的坚毅和果敢。狼眼是两根原木，颜色较其他部位都要深，天然木质的花纹和色彩，恰到好处地表达了狼眼睛丰富的内容。那瞪圆眼睛的狼，有着一股凛然不可侵犯的威严。城堡左右各有一棵胡杨树，左侧上绕着粗大的白色马鞭，右侧挂着超大的羊皮靴。城堡的围墙上，隔一段距离，就是一个露出利牙嚎叫的狼头。所有这一切，时时刻刻都在提醒刀郎人，部落的历史不容许忘却。

14世纪末到16世纪末的200年间，察合台汗国被分裂为许多小王国。他们不断地发动战争，以致生灵涂炭，山河变色。蒙古贵族掠夺大量的贫民为奴，来充实自己的军队。为反抗压迫、躲避战争，刀郎人逃到了叶尔羌河下游。

这里虽然是荒无人烟的大漠，但有生存的希望。这里有水源，有原始胡杨林。有了它们，就能挡风挡沙，就能找到生活的物资。刀郎人在胡杨林中狩猎游牧，或从事落后的农耕，过着艰苦的生活。他们吸引了不同民族的穷苦人士不断加入。于是，有了刀郎部落。"刀郎"一词就是集中、成堆地聚在一起之意。刀郎人的品性和狼的品格何其相似。狼喜欢群居，是团结勇敢的典范。"狼"成了刀郎人的部落图腾。

看着这些或瞪眼或怒号的狼首，我仿佛听见历史深处的呼喊，看到刀郎人和野兽拼夺，和凶悍的蒙古亲王的追兵搏杀，与叶尔羌汗王的手下抗争，与准噶尔汗国的铁骑战斗。为保护一片小小的净土，刀郎人沐浴了多少代的血雨腥风。

继续往北走，一幅群狼图闪入视线。六匹狼全部目光柔和，动作轻柔。最大的一匹公狼采用立体突出的画法，侧着脑袋，看向身边漂亮的母狼。另外四匹或走在红褐色山岩下的白色道路上，或站着凝望前方。勇猛的狼，被赋予了全新的内涵，表达了刀郎人现在的生活状态——和谐，幸福。

右侧的墙壁上，还画有不少刀郎人挤牛奶、采葡萄等的生活场景。左侧是一层的房子，里面是木头架子，外面涂着黄泥。有的房顶放着几个陶制品，有的是一些泥塑品。还有的是草房子，是夏天纳凉用的。

慢慢地，就来到了刀郎部落古村。古村大门中间画的是刀郎人祖神的形象，演绎着父系原始部族不屈不挠、捍卫家园的硬汉形象。左右两侧是鱼骨图腾，象征年年有鱼。外侧是高轮马车，中间是车辕，左右分别是四个车轮，象征刀郎人架着高轮马车，行走天山南北。

走进古村，先看到刀郎麦场，有一头牛雕塑，又大又壮。地面还有碎碎的麦草，仿佛刚刚打过麦子。

整个古村满眼都是胡杨。古村的胡杨，由于所处位置不同，有了不同的待遇。入门处的胡杨，它们也像一个部落群居在一起，胡杨的黄在这个时节已有些低调，但看起来依然美丽动人。再往里，居然是一片沼泽地，或者说像浅浅的小池塘。野鸭、天鹅，在自在地嬉戏。不知道是不是水的滋养，这里的胡杨更黄，更娇。它们临水照镜，越照心里越乐。快乐的情绪抖落在水面上，水面也铺上了金片，像长出了漂亮的小浮萍。

再往里走，就是一大片"睡着"的胡杨。粗壮的体态，沧桑的气质，让人内心澎湃。祭坛上的胡杨，足足9000岁。这是一个怎样的数字啊。

　　这片千年胡杨林，每一株胡杨都只剩下离根部最近的躯干，树皮灰黑色，层层剥落。有的头部昂起，张开嘴巴，像一条吐信子的大蛇；有的弓着背，像老人在叮嘱小辈；有的张开双翼，像老鹰临空而起……

　　胡杨啊胡杨，你在时光里书写着千年不死、死而不倒、倒而不腐的神话，你也见证了刀郎人演绎着自己的部落神话。

　　世界，需要神话。坚韧的故事，万古长青。

走近阿克苏

多浪河畔，有一栋汉唐风格的建筑，外围防护部分采用了巨幅手绘壁画《飞天》。蔚蓝的天空下，它如梦如诗，气质卓然。那就是阿克苏地区博物馆。

博物馆的陈列由阿克苏历史文化、新疆古代货币、阿克苏自然地理、红船启航逐梦前行四个常设展厅，以及全新疆首家数字化展厅和龟兹洞窟复原展厅等组成。展厅运用声、光、电、多媒体等高科技手段，呈现出阿克苏几千年的历史文化、民族特色以及自然风貌，让人叹为观止。

馆内藏品主要有三类。一是石器、陶器、木器、青铜器、骨器、铁器、丝织品、佛像等出土文物；二是古代本地各民族生产、生活的器具，服饰、文书等民族民俗文物；三是汉代五铢钱、汉龟二体钱、清代新疆红钱、民国时的金币、银圆、铜钱、纸币等新疆钱币。

我不想用"参观"这个词。因为它的意义过于简单，无法更好地表达情绪。阿克苏震撼人心的历史就"站立"在那儿，我需要的是走近它，和它对话，触摸它的心跳，倾听它的呼吸，欣赏它的深情。

早在新石器时代，阿克苏古代居民就使用了石器磨制技术、陶器纹饰技术。在柯坪县遗址中，有大量来自新石器时代的石器。有件砍砸器，外形像蝌蚪，一头圆润，一头细长带尖。有件叫"祖形石杵"的文物，我以为是秤砣之类的东西，原来是一件"崇拜物"。远古人类对男根的认识是从生育开始。男根对生命创造具有伟大意义，由此被神秘化。

在众多的出土文物中，有不少女性装饰品及美容用品。拜城县出土的石眉笔和眉石，通身是厚重的黑，有着水润的质感。它由炭精制成，是当时龟兹地区女性描眉所用。把眉笔在眉石上研磨后，再涂到眉毛上。3000年前，女性对美的追求，也是如此丝丝入微。那和眉笔一起跃动的心跳，一定也和爱情有关吧。那料珠，一颗颗大小均匀地串在一起，有的是月光白，有的是草木灰，只有一颗是石榴红。把它挂在脖子上跳舞时，一定叮当作响吧。温宿县出土的骨簪，长的像木筷子，短的像一根扁长的刺。也许，男人捕获了某个猎物后，就心心念念地要把哪块骨头磨成一个簪子，送给心爱的女人。把它们插在女子的发髻上，随着黑发一步一动，煞是好看！

从境内现存的天山岩画可以看出，阿克苏古代居民有着多种生产生活方式。有的以狩猎、游牧为主，随水草迁徙，居无定所；有的以农业生产为主，兼营畜牧，相对稳定。那些牧羊的姑娘，是否也是眉毛弯弯、发髻高高的呢？

馆内有一枚新和县出土的印章，名为"汉归义羌长"，是汉朝政府颁发给驻扎在龟兹地区的羌人首领的印绶。该印章为汉代铜质卧羊纽印，阴刻篆书。印高 3.5 厘米，印面每边长 2.3 厘米，现藏于中国国家博物馆。该印章的出现，表明西域各民族和中央政权有着友好的关系。

走着走着，一个场景拉住了我的脚步。在以中国红为底色的画面上，一群穿着民族服饰的男女在跳舞、奏乐，他们或端腿，或旁吸腿，或弓箭步，服饰华丽，表情丰富。随着画面的变化，下方的文字介绍也在跟进。四童子全身赤裸，颈戴串珠。二童子背有翅膀，一人吹筚篥，一人弹竖箜篌。另二童子身披蝉羽式天衣，一人弹曲颈琵琶，一人抱着弹拨乐器。乐师们分别演奏大鼓、竖箜篌、凤首箜篌、排箫、腰鼓、铜角等乐器。

这件文物在新疆库车出土，叫彩绘有翼童子舍利盒。该盒圆柱形，盒盖尖顶，像个蒙古包。起初未被重视，半个世纪后才发现舍利盒的奥妙。盒盖上有四个用联珠纹组成的环状图案，绘"有翼童子"。盒身一周绘有二十一人组成的乐舞图，并开有数个孔洞。舍利盒上的乐舞图，也叫"苏幕遮"，是如今传世的龟兹古国的无价珍宝。无法想象，这些民俗乐舞艺术，竟然被绘制在高僧的骨灰盒上。特别让我无法接受的是，它是被日本非法窃取的！因为失去，更显珍贵。我希望有一天，彩绘有翼童子舍利盒，能重回祖国母亲的怀抱。众多被窃取的文物，都能被一一带回家。

馆内有不少复原三维动画、沙盘模拟图、幻影成像、电子书等，还有能参与互动的科技游戏。我站在一个固定的位置上，抬抬左手，又抬抬右手，就穿上了画面中的汉服。扫扫二维码，一个穿着汉服又戴着口罩的王秋珍，就来到了我的手机里。

走出阿克苏地区博物馆，我还在回味着多浪木卡姆、鸠摩罗什、丝绸之路，回味着龟兹的古城堡、洞窟，回味着南湖的红船，回味着阿克苏的雪豹、金雕、北山羊。历史和现实在交织，今天和历史在对话。阿克苏，在三千年的文化滋养下，必将书写更壮丽的篇章。

克孜尔的风，在哭泣

　　红色大巴车带着我们来到了新疆拜城县。在克孜尔镇的明屋塔格山附近，我们下了车。风夹着沙土扑面而来，吹走了帽子，吹翻了遮阳伞。新疆的沙尘暴是位"老朋友"，总是不请自来。

　　克孜尔石窟，几个黑色的大字掩映在鲜花丛中。南边是木扎特河河谷，清澈的河水闪着粼粼的白光。远处是红褐色的山脉，像一幅好看的油画。

　　等待的过程有点长。所有旅客要刷身份证，要戴医用口罩，要出示行程卡。待这些完成，已经过了半个多小时。走过一条长长的甬道，两侧种着白桦树，又密又高又直。树干上长满了像眼睛一样的疤痕，听说那是白桦树用来呼吸的"鼻子"。新疆的行道树都种得特别密，它们的主要功能不是净化空气，而是充当防护墙、挡风墙。

终于来到明屋塔格山正前方。一眼望去，就见一座完全裸露的山，一身泥土色，山腰有栏杆，山脚是一尊黑色的鸠摩罗什雕像。

继续排队。石窟管理员把我们分成10人一组，并特别强调，石窟的任何部位都不能触碰，绝对不能开闪光灯，不能录像。

此时，风打了个旋，把一张白色的单子卷走了。一位管理员起身去追。她桌上用来压纸的手机被吹得抖动起来，桌上的资料差一点儿都卷向天空。

上了有栏杆的台阶，来到一扇小门前，继续等候。里面走出10人，我们就进去了。这是第27号窟，名叫"多宠窟"。一走进这个小得不能再小的石窟，我就惊呆了。只见前方的正墙上，放置释迦佛的拱形佛龛，竟空空如也。两旁全部是一个个n字形的坑。墙上还有不少深陷的手印。那份凄然的空，仿佛一记榔头敲了下来。这与我预想的反差太大了。另外的墙壁上，零星几处，留着一点儿色彩。讲解员用手电照着，我才见到一些蓝色、黑色的图案。它们斑斑驳驳，让人无法得知原来的面貌。讲解员介绍说，这里是弥勒在说法。

这些壁画采用的是凹凸晕染法，人体五官突出的部位用浅色，其他部位用深色，这是西域特有的绘画技法，敦煌画家称之为"小字脸"。这里的壁画都是直接往泥壁上作画，外面那层就叫草泥层，强盗们把整个草泥层揭走了。画家们既采用了矿物颜料，也使用了透明颜料。着色方法有平涂的烘染，有水分在底壁上的晕散。这就是"凹凸画法"，也叫"湿画法"。它是古龟兹国人的发明创造。

克孜尔石窟目前只开放了6个窟。我们接着进入第32窟。这里的壁画绘于五世纪，最早开凿为南北朝，有"小儿散花供养佛""提婆达多砸佛祖""佛度恶牛"等佛传故事。小孩子坚持用鲜花供养佛祖，后来就成了花圣佛。这是一个善有善报的故事。这只是我耳朵听到的。我眼睛看到的，是壁画上很多的凿痕，像坊间废弃的小窑洞。

走进第34窟，终于见到了佛像，心里一喜。讲解员的第一句话就把这份喜悦砸碎了。"大家看到的都是仿制品，真迹被德国人揭走了。"只见石窟两边，另外立了几块木筏，仿制品一一附在上面。有一座佛像下方，蓝色牌子上写着：龟兹供养人。有一幅画像展示了一个故事：一只蛤蟆在听弥勒菩萨说法，听法的人没注意到，一直把木杖放在蛤蟆的头上。蛤蟆不吱声，死后升天成了仙。

看完主室后，我们按顺时针方向进入后室，观看佛的涅槃像，然后再回到主室。当然，所有的像都已经不在了。

带着沉重的心情，我走进了第38窟——伎乐窟。和前面相比，这一窟有了明显的色彩和图案。此窟已有1700年的历史。两列都是天宫伎乐图。壁画采用菱形格构图，富有故事性。色彩上运用了红、绿、蓝三色配比。蓝色颜料来自阿富汗出产的名贵青金石。主室顶部的菱形格构图里，一层本生故事与一层因缘故事交错排列。

本生故事来自古印度人世轮回的观念。这里的菱形格画里，有一个摩诃萨埵王子舍身饲虎的本生故事。因缘故事是释迦牟尼成佛后四处说法、普度众生的故事。所有图像里，都是佛居中，两侧是佛度化的对象。

每幅菱形格画都是一个独立的故事。莫高窟的壁画以连环画的形式来表现故事情节，克孜尔石窟的一图一故事，简直是艺术的极品。它往往以故事中的主要人或物为构图中心，四周辅以其他必要的人或物。

不少菱形格画整块被抠走，留下一只只泥眼睛，惊恐地看着这个世界。

第10窟的格局与其他窟完全不同。它是公元五世纪的僧房窟。木筏上放着我国杰出的政治活动家、人民艺术家韩乐然的画像。他49岁因飞机失事去世。墙壁上那些白色的字，是他的学生刻上去的。僧房为居室加通道结构，室内有壁炉。

当然，这些壁炉都已被破坏。

最后，我们来到了第8窟——十六佩剑者窟。第一人右手举一灯，是本窟主要供养者。十六身供养人像，着镶边翻领长外衣，腰扎联珠带，身佩宝剑，富有贵族气息。所有人物均留着中间分梳的齐颈短发，这是古代龟兹人流行的装束和发式。

菱形格图上，有一个关于猴的因缘故事。猴献蜜于佛，佛云有虫，猴去虫。佛又云味太浓，猴以泉水稀之。佛接受了蜜，猴一高兴跌进了水池。来生，猴子做了贵人。

这里的每一尊佛像，袈裟部位都成了泥巴。当时的袈裟用金粉制成，它们全部被整块抠走，留给我们深深的痛惜。

窟顶除了大量的佛像，还有雨神、金翅鸟等。日神对应着月神。风神袒胸露乳，两只手上拿着装满风的风袋子。走出石窟前，我特别请求讲解员用手电再照一下风神。

一步步走下明屋塔格山，风吹得白桦树哗哗地响。它们仿佛在向我诉说克孜尔石窟的故事。

克孜尔石窟也叫克孜尔千佛洞，东西向绵延三千米，分谷西、谷内、谷东和后山四个石窟区，为古代龟兹国的文化遗存。克孜尔石窟的壁画有飞天、伎乐天、佛塔、菩萨、罗汉、佛本生故事、佛传故事、经变图画、天龙八部，还有古时的生产生活场面、西域山水、供养人、飞禽走兽等大量的民间习俗画；这里的石窟，有供养佛像做礼拜用的支提窟，有僧尼静修或讲学用的毗诃罗窟，有僧尼起居用的寮房，有埋葬骨灰用的罗汉窟等等。这样完整的建筑体系，世界罕见。

可惜克孜尔石窟遭受了三次大浩劫：公元10世纪，在佛教与伊斯兰教的宗教纷争中，克孜尔石窟成了牺牲品；19世纪末，俄国、日本、德国、英国、法国等探险队窃取壁画的面积近500平方米；20世纪30年代初，德国探险家勒库克盗走上百箱的壁画、塑像和其他艺术品。如今，克孜尔石窟已是满目疮痍、体无完肤。它们是历史的伤疤，一直存在的，是惨痛，也是警醒。

此时，克孜尔的风，从很远很远的地方吹来。我清晰地听见了它的哭泣。那么远，又那么近。

库车王府

您想了解灿烂的龟兹文化和佛教艺术吗？您想感受浓郁的民族风情和见证厚重的库车历史吗？请到库车王府来！

这段话出现在库车王府的墙壁上。如今的库车王府，已被开发成一个旅游景点。王妃健在的王府，供人参观，似乎闻所未闻。

库车王府全称为"库车世袭回部亲王府"。"回部亲王"就是"维吾尔王"，统领着天山南部维吾尔族的大部。库车在维吾尔语里，指十字路口，是交通要塞。库车王府始建于清朝道光八年，也就是公元1828年。第一代王爷米尔扎·鄂对为维护祖国统一，做出了巨大贡献。王府世袭亲王共计十二代。第十二代亲王达吾提·买合苏提，是中国最后一位维吾尔王，2014年在87岁高龄时去世。比他小40岁的妻子热亚南木，就住在王府里。

1937年，走过100多年光阴的库车王府，被国民党军阀毁坏。2004年，根据达吾提·买合苏提的回忆，库车市政府投资1300万元，在原址上重建了王府。

库车王府占地4万平方米，融合了中原汉文化建筑、新疆维吾尔族特色建筑以及俄罗斯式建筑风格。王府内有龟兹博物馆、库车王府文物馆、库车民俗展馆、清代城墙，还有清真寺、王府客栈、王府家访、宴艺厅、旅游购物、王府歌舞团等。

我们跟着维吾尔族讲解员走进王府。开阔的场地，林立的树木，火红的鸡冠花，欢迎着我们。我们来到龟兹博物馆，了解了龟兹古国的龟兹文化、佛教艺术、龟兹乐舞等。馆里展示的历史文物揭开了龟兹辉煌历史文化的冰山一角。现在的新疆库车市就是古时龟兹的中心。汉唐时期，龟兹是西域政治、经济、文化的重要中心。龟兹故城，位于今库车新城与老城之间，又称"皮朗古城"或"麻扎甫塘古城"。馆内图文并茂，展示了不少珍贵的图片和实物。有盐水沟关垒遗址、克孜尔尕哈烽燧以及清朝的大炮等。还有龟兹古国贵族的遗骸。导游介绍说，龟兹古国的习俗，贵族小孩三岁前额头要压平，越平越显富贵。

库车王府展厅展示的一个重点是佛教文化。龟兹是佛经荟萃、翻译家辈出的地方。随着佛经的传播，哲学、文学、美术、音乐、舞蹈、雕塑、天文、医学等古印度文明在西域传播，随之传至中原大地。说到弘扬佛法的文化大使，必然要提及鸠摩罗什。在新疆，鸠摩罗什的塑像和画像常常可见。

鸠摩罗什出生在龟兹。他天资聪颖，三岁认字，五岁博览群书，七岁跟随母亲出家，游学天竺（今印度），通晓梵语，擅长汉文。鸠摩罗什有母亲王族身份的庇护，又有祖父家族在印度的人脉，游学天竺数年，精通大乘小乘佛法，佛学造诣深厚，回国后即成为西域众国膜拜的圣僧。苻坚曾派人率十万大军攻打龟兹，只为迎请鸠摩罗什。鸠摩罗什与真谛、玄奘并称为"佛教三大翻译家"。他与其弟子共译出佛经74部，384卷，对中国佛教文化做出不可磨灭的贡献。

公元413年，鸠摩罗什在长安圆寂。圆寂前，他说："今于众前发诚实誓，若所传无谬者，当使焚身之后，舌不焦烂。"荼毗后果然舌根不烂。鸠摩罗什留下了8400颗舍利子。佛经上记载，只有潜心修炼功德的僧人，火化后才会产生舍利子。

在一幅丝绸之路地图前，讲解员说起了玄奘。玄奘取经，去时花了四年，回时花了两年，中间待了十七年。他去时之所以要绕这么远的路，是因为这条路线有佛教气氛，比如贵霜帝国，还有佛教圣地犍陀罗国、迦湿弥罗国、佛教文化中心那烂陀寺等。

佛教在新疆源远流长。早在公元一世纪，佛教就由丝绸之路传入新疆，在新疆兴盛了1000多年。

接着，我们来到末代库车王府展厅，了解了一代代亲王的成就和经历。然后来到王爷府邸。王爷府邸门楼两侧有一副对联，用维吾尔语和汉语写着：平叛和卓建奇功，世袭罔替授御封。

院子宽敞，放着沙发和茶几，一侧还有一张很大的床，可以休息，也可以招待客人。挂着纱帘的门口，一侧是"王爷的那些事"的照片，一侧是"王妃美好时光"的照片。上面还贴了一张二维码。

王妃穿着维吾尔族的艳丽服装，笑眯眯地坐在客厅里。讲解员喊着："30元拍一个，可以拍多张。其他人不许拍。"

这商业气息浓厚的声音，一下子把我心中的某种东西打碎了。

中国的最后一位王妃，是时代的象征者、库车家族荣耀的守护者，还是旅游业的被消费者？

走出王爷府邸，清朝的城墙在蓝天白云的映衬下，显得厚重而又青春。也许，王妃自己喜欢这份独特的热闹。想到这儿，我释然了。

我们有个共同的名字

无法想象，216千米的边界线，是什么概念。

汽车到达托木尔峰自然保护区，两旁的风景，全是苍苍的山，有着冷峻的骨骼、倔强的灵魂，像烈士群昂然屹立，让人突然间不敢呼吸。一直往前，一直被震撼。

从这里到边境，要经过边防检查站。每到一个站点，都有5名边防员拿着国旗，挺立在风中，向驶过的汽车致敬。

到5号站点时，天仿佛变亮了。可能是山顶的雪映照的缘故。6号站点既有冰川，又有白雪。越往里，雪越多，像一团团棉花在憩息。此时，感觉自己突然从秋天进入了严冬。

经过6个站点后，到达博孜墩中哈边境。博孜墩属于新疆阿克苏地区温宿县。

只见边境线前面全部拦着铁丝网。电网用两块光伏板和一个风车发电。

距离铁丝网30千米外，就是哈萨克斯坦。往右是伊犁，往左是吉尔吉斯坦。

哈萨克斯坦人口稀少，隔离区内，没有人烟。这边的边民村庄白哈巴村就在边境线上，牧民放牧的牧场离边境线不远。

白哈巴河谷长满白桦树，一排排、一片片的明黄色，给蓝色的天空，苍劲的群山，一个鲜亮的呼应和点缀。清清河流穿过桦树林蜿蜒流淌。

这就是边境，安静得连流水都变得含蓄。

一下车，风像一群野兽，见人就扑。第一次真正地领略到什么叫飞沙走石。有人拿出手机想拍照，一不小心被风刮倒，还好穿了件羽绒服，否则可能像大石头一样滚上一段而头破血流了。

边防站站长用一句打油诗概括了这里的环境：昼夜温差大，六月穿棉袄。狂风脾气暴，飞沙石头跑。

祖国边陲，群山连绵，风吹沙打。这里没有信号，用不了手机。有情况只能用对讲机。这里，没有电，也没有生活用水，要用水只能拿着皮管去山上接雪水。

整天待在这样的风沙环境里，脸不会被刮出口子吗？性情不会暴躁吗？

这里的边防员，多是辈辈相传。爷爷在边防，爸爸接过接力棒，儿子又顶替上来。这里的边防员还都是夫妻档。他们把家安在这个环境恶劣的地方，一起守护祖国边防。

国家发给他们每人每月2000元补贴，一户家庭10头羊，一辆摩托车。

这里，没有性别的区分。两边是苍冷高山，高山凹陷处设置关卡。女边防员和男边防员一样，顶着风，站岗、巡查。当别的女人穿着时装、用着化妆品的时候，她们把自己站成了一棵寒风中的白桦树。当别的男人炒着股票、玩着游戏的时候，他们把自己站成了一座山。边防员们舍弃都市的繁华，抛却乡村的安宁，来到这远离人间烟火的蛮荒之地，探测周边情况，排查不利因素，抗拒外来侵略，维护领土完整。风，吹不动；雨，淋不倒；雪，冻不垮！寒山不语，它们见证了忠诚；白云缄默，它们见证了艰辛；风沙野蛮，它们佩服这份坚守。

帕斯卡尔说，人是一个被废黜的"国王"。被废黜的应该是人的灵魂。边防员的灵魂却有着高贵的血统。他们继承着崇高的精神，坦然于清贫的物质、单调的生活、恶劣的环境以及艰巨的任务。

他们就是祖国的界碑。他们就是祖国的边境线。他们脚下的每一寸土地,都是祖国的领土。

这是我们共同的誓言。

因为,我们有个共同的名字——中国。

时光里的生命奇迹

　　从新疆阿克苏温宿县城出发，往西北方向行驶，经过柯柯牙镇核桃新村、戈壁新村，一路视野辽阔。一望无垠的戈壁上，仅有稀稀落落的草丛。远处是天山山脉，山顶白色的雪呼应着蓝天白云。突然，一团绿荫出现在眼前。只见石头和树组成的山门，巍然屹立。门额上用红色字体写着：天山神木园。

　　新疆有"六绝"：伊犁的城绝，吐鲁番的山绝，喀纳斯的水绝，魔鬼城的风绝，帕米尔的天绝，温宿的树绝。而这第六绝，说的就是神木园。

　　神木园，维吾尔语是"库尔米什阿塔木麻扎"，是传经圣人的墓葬群，历史上伊斯兰教集会和朝拜的圣地。

相传公元十一世纪，沙特阿拉伯一名叫作苏力塔库尔米什赛依德的伊斯兰阿訇，带领两千名教徒，经过印度绕道中国西域传教，和当地人发生冲突。大部分教徒战死于此地。

彼时，教徒们又累又渴，苏力塔库尔米什赛依德教员离开麦加时将穆罕默德送的手杖插在泉源的位置上，泉水奔涌而出。后来，他又把手杖插向十余处。手杖所到之处，都涌出了泉水。从此，泉水叮咚，怪树峥嵘，这里成了百里荒山中的"神灵之地"，被称为"戈壁明珠"。

沿着木板路往里走，感觉气温马上低了几度。首先映入眼帘的是三棵树龄300年的杨树，俯仰之间，像极了"桃园三兄弟"。有一棵两人合抱粗的新疆杨，齐胸处白色树皮裂开，像伸出一尊黑色的马头，人称"马头树"。相传唐玄奘西天取经路过此地，听闻离此5千米处有条库马力克河，也就是流沙河，摆渡人叫沙僧，通晓各国语言。唐玄奘想收他为徒，把白龙马绑在杨树上，徒步去找沙僧。玄奘一去四五天，那树生长神速，将白龙马包在树干里。白龙马极力挣扎，只挣扎出了马头。

一路前行，满目都是苍劲的古树。在这里，独木成林不是神话，直冲云霄不是夸张。有一棵山柳，占地多达三亩。有一棵杨树，高达96.23米。园内680亩的土地上，有上百棵千年以上的古树，每一棵直径都达一米多。至于形状，更是千奇百怪。有的半空中伸出几十个手臂，像子孙齐聚一堂；有的倒出一片枯裂的树皮，像一条老舌头诉说着厚重的过往；有的明明已连根拔起，树干却生机勃勃，贴地而伸，一直蔓延几十米；有的树干明明已经像拆老房子拿下的破木板，却在顶部抽出新枝；有的树梢与树根相连，分不清哪是根，哪是枝⋯⋯

有一棵"千年神木"，是树龄900年的新疆杨，倒卧在地五十余年，通体泛白，古朴苍劲。最神奇之处是五处枝干自然连接。天山神木园主要以这棵神木的形神为意，从而命名。

继续往前走，有一棵"百年核桃王"，树龄500年。树干仿佛炸裂的岩石，枝条依然青春勃发。新疆温宿盛产核桃，这棵核桃树，应该是它们的"老祖宗"了。

过了通天门，来到千年圣水泉。听说圣水可以包治百病，能消食减肥，养颜美容。喝水前有个讲究，要先洗三次手、三次脸，再喝三口水。手上的圣水不能甩掉，要抹在头发上，这样就会带来好运。我不敢喝生水，装了一小瓶，带回去煮了喝。洗过的手，冰冰凉，让我更觉寒气袭人。

继续前行。一路都是泉水相伴。鹅黄色、米白色的落叶，或栖息在溪边，或在水里打旋。银白色的水花，多么像天山雪峰上的一簇簇白雪。不，它们分明带着雪花的心愿来到这里。

"千年银环"是一棵斜卧的山柳，枝丫自然接通，长出一个个圆圈，好像巨大的耳环，在风中撞出动听的声音。老爷杨也已1000岁。树干上的纹路硬得像水泥，离地两三米的树干上长着一个圆圆的蜂窝，仔细一看，那不是野蜂的作品，是老爷杨自己的创作。那是树的巨瘤，还是树的结石，抑或是它在千年时光里，献给大自然的树窝？抬头望，老爷杨的"头发"非常浓密，它们仿佛风中的飘带，聚集着、伸展着，严严地遮住了天空。

一棵粗壮的新疆杨和一棵苗条的杏树相依相偎，像坚强的男人守护着自己的爱人。它们的爱情经历了1100年的时光考验。都说陪伴是最长情的告白。如此恩爱，如此长情，真是羡煞世人。难怪它们有个浪漫的名字——鸳鸯树。

走上一段，见一铁锈红的牌子上写着张仃的《巨木赞》：想巨木受日月之光华，得天地之正气，因生命之渴求，不屈不挠，或死而复生，或再抽新条。风雷激荡，沧海桑田，念天地之悠悠，实为中华大地之罕物，民族精神之象征。

在泉水声中，只见600岁的白杨昂首苍穹。挨近地面的树干上，有两个大小相近的树洞，像极了两只很有内容的眼睛。这便是"卧龙啸天"。

神木园，真是一处神奇之地。每一棵树木都像被施了魔法，老而不死，生生不息。不远处的托木尔雪峰和天山流下的圣泉，更像守护神木园的天使。

走出神木园，我忍不住回头望，心想，该不会这些木板路也在某一天发芽吧？

天籁加依

下了大巴车，只见路边的广告牌上写着"天籁加依景区欢迎您"。眼前是矮矮的褐色建筑，像一个出炉很久的大面包，上半部分坍塌出随意的线条，最下方立着一排浅黄色的柱子，撑起这一方有着时光气质的建筑。

隔着柱子，远远就能看见以蓝、绿、黄为主调的墙绘。走进龟兹遗韵展区，墙壁上都是以照片形式呈现的画面，画像大多斑斑驳驳。让我莫名地想起克孜尔石窟那体无完肤的疼痛。

龟兹是当时西域三十六国中最大的一个国家。张骞第二次出使西域后，古龟兹与祖国内地的交往日益密切。汉唐时期，新和已是西域政治、经济、文化、军事的中心。新和享有"汉唐重镇""龟兹故里""千年新和""白马古河"等美誉，是古龟兹国的繁锦之区。

展区中，有不少内容是龟兹乐舞。龟兹音乐家苏祇婆创立了"七声学说"，后演变为隋唐燕乐二十八调。龟兹乐队庞大，使用乐器丰富，有阮咸、五弦琵琶、弹筝、箫、筚篥、横笛、箜篌、唢呐、铜钹、腰鼓、都昙鼓、鸡娄鼓、答腊鼓、羯鼓等20余种。龟兹音乐家苏祇婆、白明达、白延等曾在宫廷任乐官，传播龟兹乐并改弦更张，演奏隋唐皇家音乐。李白、白居易等文豪纷纷填词，和声龟兹乐。

古龟兹人半裸或全裸着上身，或抱着五弦琵琶，或抱着阮咸等弹奏。阮咸与"竹林七贤"的阮籍并称"大小阮"。他精通音律，善弹琵琶，有"神解"之誉。阮咸是唯一以人名来命名的乐器。

十二木卡姆是维吾尔族优秀的古典音乐，有"东方音乐明珠"的誉称。十二木卡姆有喀什木卡姆、刀郎木卡姆、哈密木卡姆、吐鲁番木卡姆、伊犁木卡姆等类型。光看这些名字，就不由得让人感叹维吾尔族音乐的源远流长。

走出龟兹遗韵展区，眼前是一个两米多高的仿金色的乐器，空中还有一双演奏的手，仿佛给乐器注入了灵魂。木牌上用汉语、维语和英语写着：新和沙塔尔。原来这是"新疆乐器王"，是2014年由新疆文学艺术联合会主办的一项活动中颁发的荣誉称号。

我们走进了第二展厅天籁加依。

走着走着,我才明白了"天籁加依"的意思。原来,加依是一个村庄的名字,它属于新和县依其艾日克镇,被誉为"新疆民族乐器手工制作第一村",该村依托龟兹乐舞文化资源,把整个村庄打造成了一个集乐器制作、乐舞展示、民俗体验、摄影影视为一体的特色民俗文化旅游景区。该村现有299户,从事乐器制作的就有106户,时间最长的已传至六、七代。

展厅里,大多是长杆的弦乐器,都塔尔、弹拨尔、卡龙琴、赛台尔、热瓦甫、艾杰克、冬不拉、达普等民族乐器,让人目不暇接。它们一一陈列在三面都是泥土的环境里,好像是在大地里睡了几百年,再慢慢醒过来的。看,这个体形像白杨一样修长的古萨塔尔已有200多年的历史;这个长得像木勺一样的古典胡布孜与乐器阮咸有渊源;这个锵也叫扬琴,是20世纪初的作品,上面的弦全都断了;两个柯尔克孜托布秀尔交颈摆放,宛如两位民间艺人在拉着手臂合舞歌唱;这个都塔尔,有着长长的"脖子",上面是两根弦,是加依村制作数量最多的乐器。

走了一段,看见一尊塑像旁边浅黄色的木牌上写着"加依村的故事"。两位男子抱着都塔尔边弹边唱,一位姑娘一只手在下巴位置,一只手在头的上方,裙子呈现出起舞的皱褶,像风儿吹过水面。我仿佛看见姑娘的脑袋正随着手的摆动在可爱地晃动。

加依村,确实是有故事的。

几百年前，这里荒草丛生，杳无人迹。有一天，四位圣人从北方长途跋涉至此，他们要去寻找适合生存的博斯坦（指绿洲）。晚上他们把手杖插在沙地里睡觉。梦中，他们听到神的指示：如果手杖发芽，变成树林，那就是家园。

天亮后，他们惊喜地发现，手杖竟然都长出嫩绿的枝芽。于是，四位圣人遵照神的旨意，在这里安家落户，成了加依村人的祖先。

手杖是桑木做的，成活后，繁衍出一片茂盛的桑树林。此时，加依村来了阿比孜·卡里和热希兄弟，他们发现桑木木质坚实，纹理美丽，制成的乐器声音悠扬浑厚，音色特别悦耳动听，于是就开始用桑木制作乐器。他们就成了萨孜其（指弹奏乐器的人）的祖师爷。加依村的萨孜其大多不识字，没有文化，不懂乐理也不识乐谱，但他们心灵手巧，只需口传心授，就能制作出乐器。这简直又是一个传奇。

在多弦轴热瓦甫这一拨弦乐器旁边，有一尊塑像是一个光头小男孩双手放在膝盖上，半蹲着在欣赏一个巨勺一样的乐器。听说，摸摸孩子的头，人能变聪明；摸摸孩子的背，人就会变精神；摸摸孩子的屁股，怎么喝都不醉。女老师纷纷上去想摸头，男老师想着要摸屁股。可惜，头离栏杆远，要摸到实在太难。

看来，要像加依村的人一样，拥有天籁或制作出天籁乐器，只能去梦里了。

自带仙气的塔村

温宿县柯柯牙镇塔村位于天山最高峰托木尔峰的山脚下，距离县城 75 千米。因海拔较高，气温要低 15℃ 左右。

中巴车不知何故，老牛一样慢着性子。大家议论说，可能是太冷了。一路风景，倒是可以在车上欣赏和拍照。视野辽阔，无遮无拦。新疆最不缺的就是土地。那怪石滩几乎像茫茫沙漠，土黄色的土石上，零星点缀着一丛丛土黄色的草，土黄色的小鹿倏地闪过。它们的身体，几乎成了乱石滩的一部分。如果静止不动，它就成了石头，成了枯色的草。不过，如此平旷的怪石滩，这可爱的小生灵，该在哪里睡觉歇息？

路上还不时能看到羊，白色点缀着黑红，好像穿着花衣裳的贵妇。羊喜欢热闹，总是成群出现，它们有着胖乎乎的身体，卷卷的毛，自由自在地吃着大自然赐予的"异草"。

有一种树，好像被无数次地砍去枝条，粗壮的主干上生出很多细枝。同行的胡局说，这是柳树。

那"万条垂下绿丝绦"的柳树，怎么来到新疆就改变了画风？它们根根直立，仿佛向行人展示着倔强的风骨。

继续前行，天空变得越来越蓝。天山积雪招呼着每一朵路过的白云，白云纷纷俯下身子，吻着白雪。阳光也爱心大发，温柔地洒下万千的爱，俨然慈善的长者。白雪的眼眸顿时落进了圣洁的光芒。那洁白中透亮的美，让天地失色。

"南疆第一村归园田居塔村"的招牌就在眼前。但车开起来还有一段路程。这里冰川储量充足，类型丰富，是天山南北广大地域的重要水源。木扎特河、台兰河、柯柯牙河、塔格拉克苏河等众多河流都流经塔村。

现在，它们已经流不动了。每一条河流，都有了共同的名字——冰河。那冰和我们内地见到的不一样，没有晶莹水润之感，有的是白，特别白的白，似乎要冻枯的那种白。也许是因为它完全冻到底了，也许是因为它结冰到现在，就没有融化过。

有一条河流，河面宽广，白色的冰冻出了一个个高低不平的圆形，使冰面有了特别的动感和美感。粗看，像河水正在流淌，激起了一层层有思想的涟漪。细看，总觉得河面叠着一列列圆盘或圆石。这么彻底地冻结,鱼儿不成了冻鱼吗?这样的河,解冻后还有鱼吗?

这边的山,和以往所见的全裸山不一样。可能是积雪融化的缘故,山上有了绿色。它们不长个,只长面,覆在山的表面。偶有几个山脊种上了树,使山有了丰富的表情。假如画家亲临这里,想必待上一个月,还是会觉得没有赏够、没有画够吧。

有的山腰还卧着房子和房车,都很小又很矮。它们依山就势,似乎挂在半空,是专门给游客体验生活的。

突然看到有一棵树,挂着一树冰凌。很多人站在树前拍照。为什么单单它结出了冰凌?肯定是有人故意把水洒上去的。

果然,过来一小段,就发现有个像大炮一样的机器在工作。原来那是"雪炮",是造雪机。

据说,在北极,气温降到零下50℃,人们呼出来的水汽直接凝成细小的雪花。这些小雪花互相碰撞,发出翻动书页一般的声响。探险家把它称为"星星的耳语"。由此,人们有了造雪的想法:只要满足水汽凝华结晶的条件,就能在各种场合下,造出美丽的雪花。

此时的造雪机,炮口喷出白色的烟雾。空气里顿时仙气飘飘,一片迷蒙。它采用传统的高压水与空气混合造雪。将水注入一个专用喷枪,高压空气将水流分割成微小的粒子,喷入寒冷的外部空气。在落到地面前,这些小水滴被迅速冻结,凝固成冰晶,于是就有了雪花。

世界上找不到两朵完全一样的雪花。但造雪机造出的雪花形状基本一致。自然雪蓬松,冰晶细;人造雪坚硬,雪质差。

我们的终点站是天山托峰滑雪场。这里全部是人造雪。但我觉得这里的雪和自然雪没什么区别。

走进滑雪场入口。我对同行的援疆老师说:"我请客。"于是刷码付钱。领东西时,我才明白,这个滑雪不是屁股坐在某个垫子上往下滑,而是有滑板的那种。

天哪!好吓人。我不敢玩啊。可是后悔已经来不及了。我只好领了头盔、手套、滑雪鞋、滑雪板、滑雪杖等,走进滑雪场。

滑雪鞋怎么也扣不牢,后跟使劲蹬了一次又一次,终于好了。学着人家的样子身子往前倾,两膝盖往内紧,滑雪板往前冲去,眼看要撞上人了,啪的一下,屁股落地了。我脱了鞋,来到平缓的地方。如果莽莽撞撞出了安全事故,估计大伙都玩不成了。

滑雪场有三处,全部连在一起,有坡度特别陡的,有比较陡的,有平缓一点的,能满足游客的各种需求。游客们从上方滑下来,再拿着滑雪板坐电梯上去,继续往下滑。有个小伙子哗啦一下冲下来,没刹住,整个人冲向用绳子编织好的围墙,被围墙挡了回来。

我不敢尝试,索性拍起照片来。

有的地方没人走过,雪全部是竖条纹,立体又有规则。场地上停了一辆车,像一条大章鱼贴在大海上。我怀疑这些花纹都是它压出来的。我走过这些花纹,拍下了独独属于我的脚印。无端地想起儿子来。婴儿时,我把他的小脚丫印在本子上。转眼,我们都走过了很多路,不知有多少脚印是能留下的。

抬头看,近处有一个个像蒙古包的白色小屋,还有落满雪的褐色小屋,它们有着白色的小窗和窗帘。再往前看,是有积雪的山,有的地方雪化了,有的地方雪还厚着。远处是天山雪山,以及白白的云和蓝蓝的天。一切美得像神话。

莫非这塔村,就是神仙居住的地方?

世界肚脐上的露珠

喀拉库勒湖位于新疆阿克陶县布伦口乡苏巴什村，在喀什去塔什库尔干塔吉克自治县的中巴公路边。喀拉库勒湖是帕米尔高原上最古老的湖泊之一，位于西昆仑山脉上的第三高峰慕士塔格峰的脚下，海拔3600米，面积10平方千米，水深30多米。

塔吉克谚语说，人的肚脐在肚皮上，世界的"肚脐"在帕米尔。我觉得，喀拉库勒湖就是世界肚脐上一颗最迷人的露珠。

放眼望去，喀拉库勒湖东面就是慕士塔格峰。慕士塔格峰海拔7745米，是所有登山者都朝思暮想的胜地，山上积雪终年不化。喀拉库勒湖与慕士塔格峰，就像纳木错和念青唐古拉山，天造地设，佳偶天成。它们相依相伴，在帕米尔高原上演绎着美女爱英雄的传奇。

喀拉库勒湖四面都是逶迤不绝的萨雷阔勒岭，起伏的雪峰宛如巨大的蒙古包，高低错落；又如新疆舞蹈《美丽的柯族姑娘》，风情又激情。靠近湖水的山体和地面则是灰黑色。湖水有的是青黑色，有的是花青色，有的因为倒映着雪，显得白亮亮的。在柯尔克孜语里，喀拉库勒湖意为黑湖。据记载，公元前10世纪，周穆王路过此地，被喀拉库勒湖的风光深深震撼。

喀拉库勒湖除了湖畔的牧草外，湖中看不到任何生物。据说，电闪雷鸣时，喀拉库勒湖就会变成黑色。一天之内，湖水会变幻出不同的色彩。这是因为湖中有水怪在作祟。这一传说已有一千多年。晋代高僧法显和北魏高僧宋云称其为"毒龙池"。唐代高僧玄奘西天取经路过此地，称其为"大龙池"。不论是毒龙还是大龙，都给喀拉库勒湖罩上了神秘的色彩。

走过长长的景观木桥，我们来到宽阔的草地上。草地、湖水、雪山，美得像一幅画。当然，这个比喻何其粗浅，何其无力。文字在真正的美面前，只能站在一旁。我着一袭长长的红裙在喀拉库勒湖边慢慢地起舞。我真想一直舞下去，让雪山圣洁的光芒和喀拉库勒湖深邃的目光庇护着我，润养着我。

此时，几朵白云从对面走来，就像一张笑脸，正宠溺地看着我。我拍下了这个美好的瞬间，致敬神圣的帕米尔高原，以及每一个可爱的日子。

告别了喀拉库勒湖，我们驱车前往塔什库尔干县。塔什库尔干县位于古代丝绸之路的葱岭一带，是汉唐时代朅盘陀国的旧地。它是一个很小的县城。有人笑言，新疆小馕从塔什库尔干县的东边滚到西边，小馕还没凉，县城就滚完了。塔什库尔干县住的多是塔吉克族。导游介绍说，塔吉克族是中国土生土长的白种人。他们是中国优良的民族，路不拾遗，夜不闭户，捡到东西就放在地上，用石头圈起来，等着失主回来找。他们崇拜太阳、石头和鹰。路牌上，我们看到了拉齐尼的照片。拉齐尼·巴依卡就是塔吉克族人，他家祖孙三代70多年一直在红其拉甫边防连当义务巡逻向导，守护祖国边疆，足迹踏遍帕米尔高原边防线上的每一块界碑、每一道山沟、每一条河流。41岁那年，拉齐尼·巴依卡为救一名汉族孩子英勇牺牲。他是当之无愧的"帕米尔雄鹰"。

办好入住手续后，我走出宾馆，来到玛依努尔古丽·依克木家。她家的围墙全部用石头垒成，上面有一只雄鹰。丈夫叫依萨克江，在门口烤牦牛肉，八元一串。家里开了民宿，门牌上写着妻子的名字。妻子安排客人住宿，100元一晚。房子都是一层的，数量不少。主人介绍说自家房子是政府赠送，加爷爷留下的。他们感恩祖国，对如今的生活非常满意。

塔什库尔干是鹰的栖息之地。塔吉克族视鹰为强者、英雄，鹰舞是他们最喜爱的舞蹈。他们把鹰舞称为"合齐吾德玉苏勒"，从内容到形式，都模拟鹰的动作。舞步以独特的"顿挫步"和"跟跺步"为主，即兴变化，或交叉进行。

　　晚上，我们有幸在篝火晚会上欣赏到了鹰舞。英武的塔吉克族男子，像雄鹰一样，时而振翅，时而盘旋，时而奋起。我仿佛看见他们飞到了慕士塔格峰，飞到了喀拉库勒湖……

喀什，活着的千年古城

喀什，位于新疆维吾尔自治区西南部，维吾尔语意为玉石集中之地。喀什古城，古称疏勒。"疏勒国，王治疏勒城……有市列"（班固《汉书·西域传》），这时就有了对喀什古城的文字记录。

"不到喀什不算到新疆，不到古城不算到喀什"。喀什古城，被誉为"最后的西域，活着的化石"。只有置身喀什古城，你才能领悟古城独一无二的魅力。

喀什古城以艾提尕尔清真寺为中心，呈放射状扩展，街巷纵横，曲径通幽，形如迷宫。迈进古城，就是迈进一幅舒展美丽的维吾尔族民俗风情画卷。

古城的外墙全是草泥色材料做成，给人一种时光沉淀的厚重之感。外墙多用砖雕，雕工细腻，图案丰富，极具风情。房内多用石膏雕和木雕，门窗都很精致，装饰古朴又华丽。

家家户户门口种着绿植果树，爬山虎把墙壁涂上了青春的颜色；白桑葚已经有一部分成熟，香甜的味道侵袭而至，让人不由得想犯错误；青青的核桃把枝头压得谦逊敦厚；红红的石榴花像维吾尔族姑娘的舞蹈一样奔放；扁扁的无花果，躲在大叶子后嘻嘻地笑着……走着走着，突然有一枚果子落下。抬头看，居然有伊斯兰风格的空中花园。圆形的穹顶，漂亮的栏杆，桑葚探出大半个身子，仿佛在向游客打招呼。

脚下的砖也是大有讲究的。四通八达，能自由出入的巷道全是六边形的砖，意味着六六大顺。如果是家门口，往往铺细条形的四边形砖。

这里的居民，往往十代八代都是隔壁邻居。孩子完全放养，大街小巷跑来跑去，不用担心安全问题。小学生上学，很少有人接送。这天刚好是维吾尔族的肉孜节，我们见到了眼睛溜圆的小孩，女孩子头上扎着白色的纱巾，打扮得像新娘；男孩子戴着花帽子，像个小巴扎老爷。他们在小巷里奔跑，把快乐送给了每一缕风。

走出小巷，我们来到了阿热亚路。这里的每一条街巷都有一个好听的维吾尔族名字。阿热亚路，在维吾尔语里意为中间有河。相传很久以前,这里发大水,水冲没了路面。突然,地面出现了一条缝,把所有的水都排走了。

阿热亚路有花盆巴扎、坎土曼巴扎、木器加工巴扎、维医药巴扎和花帽巴扎。网红打卡地"古丽的家"就在此地。门牌上用汉语和维吾尔语写着:"古丽的家——旅游家访户,歌舞表演、民族特色餐饮、旅游纪念品、茶馆、咖啡、休息。"沙拉麦提古丽·卡日是"古丽的家"的老板,她穿着红黄色的民族服装笑吟吟地招呼我们。一位白髯老者坐在门口弹着都塔尔。

在阿热亚路的一家玉器店里,我看上了一对石榴石耳环。老板热情地送给了我。我看见她的名片上写着:喀什市国际大巴扎。

在花帽巴扎,几位援友对维吾尔族风情的花帽爱不释手。大家正担心没带现金,微信二维码一扫,交易达成。这座千年古城,早已融入了现代科技的元素。

老街吸引我的,更有那些可爱的文字。古色古香的外墙上,挂着不少花盆,攀缘着藤本植物,形状各异的木牌或隐藏在花丛中,或出现在某个角落。在巴格其巷民宿街,这样的文字比比皆是:"去没人的岛,摸鲨鱼的角""时光很匆忙,别错过落日与朝阳""幸福秘诀,吃饱然后躺下""生活很简单,美好也很简单""盐以律己,甜以待你"……

喀什古城有99条街巷,我们走的只是其中的一小部分。它们既是景区,又是维吾尔族居民的生活区。这里的每一条街道,每一个巴扎,都是历史文化书库,都是民俗博物馆。喀什古城既古老朴素,又青春时尚,叫人如何不爱它?

昆仑山下白沙湖

帕米尔高原，是古代丝绸之路的必经之地。它位于中国最西端，横跨塔吉克斯坦、中国和阿富汗，平均海拔4500米，是昆仑山、喀喇昆仑山、兴都库什山和天山交会的巨大山结。

昆仑山脉（昆仑山），又称中国第一神山、万山之祖、龙脉之祖、玉山等。它西起帕米尔高原东部，横贯新疆、西藏，延伸至青海境内，平均海拔6000米。

去昆仑山，走的是314国道。314国道起点是新疆乌鲁木齐，终点是红其拉甫中巴国际界碑。红其拉甫口岸位于新疆喀什地区，平均海拔5000米，是世界上海拔最高的口岸，有死亡之谷、血谷之称。这里氧气含量不足平原的50%，风力常年在七八级以上，最低气温达零下40℃。守卫祖国疆土的战士们的精神和日月同光。2020年6月，中印在喀喇昆仑山附近的边境对峙，4名战士壮烈牺牲。18岁的陈祥榕在笔记本中写道："清澈的爱，只为中国。"

听着导游深情的讲述，看着车外一闪而过的荒凉之景，我的眼眶渐渐湿润。

中国新疆和俄罗斯、哈萨克斯坦、吉尔吉斯斯坦、塔吉克斯坦、巴基斯坦、蒙古、印度、阿富汗八个国家接壤，拥有约5600千米的边境线。中国稳定看新疆，新疆稳定看南疆，南疆稳定看喀什。喀什和四个国家接壤，被称为"丝路明珠"。

路上，我们有幸看到了古丝绸之路现存的一段。它就在悬崖峭壁间，远远看去，就像岩石上划出了一条线，即便对山羊也是挑战。难以想象，当年玄奘西行如何艰难。

大巴车一直在往高处行驶，海拔越来越高，雪山也越来越多。千姿百态的雪峰让人不得不赞叹造物主的神工独运。

我们在帕米尔高原上的克州阿克陶县境内的白沙湖下车。眼前的美景，让人仿佛置身于天堂。

四周是昆仑雪山。它们仿佛拉近的镜头，近在眼前，却远在天边，让人不由得吟咏"只有天在上，更无山与齐。举头红日近，回首白云低"。

昆仑山上的雪白得发亮，仿佛随便来一片，就能做成一朵白水晶。天蓝得没有道理，没有一丝杂质，就那么豪迈又温柔地蓝着。

被昆仑山四面保护的"摇篮"里，是白沙湖和白沙山。白沙山没有一丝草木的痕迹，灰白交织，曲线婀娜，雄伟的山此时变成了曼妙的女郎，一身素装，却楚楚动人。

多年前，白沙湖里没有水，只有细沙，老公路要走入湖底几十米。风一直吹啊吹，把沙子吹上了山。七八年前，白沙湖蓄满了雪水。大自然，就是如此的神奇和伟大。

白沙湖的水分明是昆仑山的碧玉，聚积了天地的灵气，让人看一眼都觉得奢侈。而我们，都成了顶级大富翁。

导游介绍，这里一年只刮一次风，从年头到年终。景色每天都不一样。不同的气温、光线、风向和时间，会使它呈现出不同的状态，湖水有浅绿、浅蓝、蓝绿、奶蓝、粉红等各种颜色。而能看到倒影的次数，一年不下三次。我们是援疆教师，可能是感动了昆仑山，让我们看到了最美的昆仑山、白沙山和白沙湖。

此时是下午两三点。白沙山成了双胞胎，一个在地上，一个在水里。它们深情地对望，连湖水都屏住了呼吸。

看着看着，我仿佛变成了一朵云，在白沙湖的上空揽镜顾盼；变成了一条鱼，在白沙湖里打出一串串甜蜜的泡泡，写下一首首绿莹莹的小诗；变成了一缕风，吻着白沙湖，拉着白沙山，在昆仑山下跳起喀什赛乃姆……

屏眼盈盈燕泉山

燕泉山坐落于与喀什噶尔相连的泉城乌什。这里天山雪顶，三面环绕；半城泉水，涓涓流淌，素有"半城山色半城泉"的美誉。

燕泉山景区由燕子山、九眼泉、燕西湖等景观组成。燕子山，唐代称"大石城"，清代称"乌赤山"。乌什之名便来源于"乌赤山"。燕子山被称为"地质博物馆"，海拔1506米，平地而起，山势陡峭，维吾尔语称为"莫勒结尔塔克"，意为"瞭望远方"。林则徐在南疆丈量地亩时，称燕子山"据一城之胜，上有庙宇，望之颇为雄整"。

燕子山南北两个山脊从东向西汇集于山顶，中间是一条山谷，整体形状像一只巨大的燕子。燕子山上，有很多历史遗迹。汉代，燕子山山顶修建了陈汤烽火台。唐代，玄奘途经此地，翻越别迭里山口，西去取经。清代，山上庙宇林立。关帝庙中就有乾隆御笔。"灵镇岩疆""轶伦名炳千秋日，靖远威行万里风"的匾联书写着历史文化的厚重。山顶还建有韦驮殿等神殿，后毁于同治三年（1864年）的战火。

台阶两旁，树林荫翳。拾级而上，凉风习习，全然没有夏日的燥热。南山梁上，有燕子石。燕子石是一种石燕类腕足化石，化石上布满羽毛状网纹，形似燕羽。地质学家考证：石炭纪时期，塔里木绝大部分被海水淹没，乌什位于浅海区，海底生物繁多，尤以燕贝类为多，它们很像展开双翅的飞燕。距今2.58亿年至2.3亿年间，发生了一次强烈的地壳运动，海水退去后，这些海生生物就成了化石。燕子山，见证了地球的神奇演化。

山腰处，耸立着两块碑石。一刻"继超追骞"，一刻"远迈汉唐"，南北夹峙并立。它们镌刻着乌什光荣的史诗，以及犯我强汉者，虽远必诛的豪迈。

站在燕子山上，整座山俨然在发光，在轻轻晃动，我们仿佛正倚在燕子的翅膀上。我能感觉到它的呼吸、它的心跳、它的情感。

燕子山北麓，有被称为"天南第一泉"的九眼泉。乌什早先是一个古老的小王国，九眼泉是王国的公园。九眼泉呈一字排列，泉涌如沸，近看似飞瀑怒潮，远望如九星列队。中间的泉眼有斗口大，深不见底。当地居民把泉水当饮用水，制醋、酿酒、做豆腐，品质超级好。后来，泉水被开发为饮用矿泉水。

说到水，绕不开燕泉山的燕西湖。

宋代王观词曰："水是眼波横，山是眉峰聚。欲问行人去那边？眉眼盈盈处。"燕泉山，就是那眉眼盈盈的动人所在。燕西湖，就是美人流转的眼波。

欣赏了九眼泉，继续往北走，便是燕西湖。在祖国西部边陲之远，我见识了半年没有一滴雨的干燥，见识了茫茫戈壁和沙漠，见识了沉睡千年的胡杨林，却不曾见过如此诗情画意、水波潋滟的湖泊。柳树如一缕缕淡绿的烟雾，笼着、罩着、多情着；芦苇挺直身板，临水自照，似乎时刻在寻找表白的机会；白云歇在湖底，鱼儿就在云朵上嬉戏。

突然，野鸭妈妈出现了。她带着五个孩子游过芦苇漂亮的影子，游过柳树温婉的烟雾，游过白云的倒影，留下身后新疆昆仑山美玉一样透亮亮的水路，留下湖边拿着手机狂拍的我们。

一路上，新疆杨高耸入云，密集成墙。亭台楼阁错落有致，湖心岛、索桥、望桥、大水车、中国龙等，呼应着绿莹莹的湖泊，让人仿佛一脚踏进了江南。此时，鸟鸣声从空中、从树上滴落，在熏风里荡起一圈圈的涟漪，濯洗着我的耳朵以及灵魂。

就像投入玻璃杯的泡腾片，滋啦滋啦激活了我，心情的色彩一下提亮了两度。

我想到了一个词：阅读。

眼前的一切，是一部有声、有色、有意境、有格局的大书。它值得我一页页地阅读，慢慢地阅读，反复地阅读。用眼睛，用耳朵，用思想，用回味。

白云苍狗，世事沉浮。每个人的心里都应该有一个湖，时时阅读，时时濯洗尘埃，活出白云的白以及燕泉山一样的盈盈眉眼。

南孔儒学馆

素有"塞外江南"美称的乌什县，位于新疆塔里木盆地西北边缘的天山南麓。在汉代，乌什县是温宿国故地。作为温宿的援疆教师来到乌什，参加浙阿基础教育大教研联盟活动，我莫名地有了一丝亲切感。

乌什县南孔儒学馆是全国首家县级儒学馆。一走进南孔儒学馆，就觉得它簇新簇新的，光彩照人。原来它在2021年11月12日开馆，由衢州市援疆指挥部援建。距离我们去参观才开馆半年。

乌什县南孔儒学馆以"衢乌大同·礼乐小康"为主题，设计了序厅、儒泽流芳、南孔弘道、丝路文化、西游文化、戍边文化、衢乌大同、文化润疆等内容，再现了边城乌什的文化精粹，以及儒城衢州万里驰援的爱国爱疆之情。

序厅左右的书架上，除了书，还有"乌什有情""衢州有礼""君子六艺""儒学燕泉风""仁义礼智信""丝路泉城""衢乌大同"等字样的书法作品。头顶是《大道之行也》篇章。这一切，让人一进门就沉浸于儒雅的文化氛围中。

儒泽流芳篇章重点介绍了儒家文化的集大成者、中华文化的符号象征孔子。他被誉为"天纵之圣""天之木铎"，位居"世界十大文化名人"之首。

随后，我们倾听了"古今名人对话"。三块方形的电子屏幕上，三位名人依次向我们讲述着自己的故事和见解。陈汤讲"忠"，孔丘讲"礼"，库尔班·尼亚孜讲"仁"。库尔班·尼亚孜是乌什县全国劳动模范、全国改革先锋、中华优秀传统文化传播者。整个展厅是以"听库尔班讲系列"为主线设计的。

库尔班·尼亚孜是新疆阿克苏地区乌什县依麻木镇国家通用语言小学的校长。他16年如一日，在祖国边疆地区推广中华民族传统文化，让孩子们从小铸牢中华民族共同体意识，培养爱国情怀，立志成为既熟悉本民族文化，又心胸开阔、目光远大的社会主义接班人和民族团结的维护者。库尔班·尼亚孜16年的坚守，为广大维吾尔族青少年开辟了一条现代、文明、开放、包容的光明大道。

听着库尔班·尼亚孜讲述的故事，我被他的民族大爱精神深深地感动了。一名优秀的校长自带光明。库尔班·尼亚孜带着勇气和执着，直直地奔向自己的太阳。

南孔儒学馆以图文和物并茂的形式，介绍了乌什。乌什是一座古城，史载已有两千余年的历史，烽燧文化、丝路文化和西游文化在这里交汇。汉朝张骞、大将陈汤、班超，东晋佛学名家鸠摩罗什、唐代高僧玄奘、大诗人李白、清代民族英雄林则徐、名将左宗棠、刘锦棠、富察·明瑞、阿桂以及现代共产党人林基路等，都在乌什史上留名，为古城乌什积淀了深厚的历史文化底蕴。

儒城衢州持续深化文化援疆，推动实施南孔文化润疆行动，积极推广南孔儒家文化，为建设和谐幸福美丽乌什提供了强大的文化助力和精神支撑。乌什县充分依托援疆优势，深入实施文化润疆工程，先后建成中华文化大院、城市书房等一批文化润疆载体，不断提升文化软实力，持续铸牢中华民族共同体意识。儒城与边城的文化润泽，更好地滋养了各族人民的心灵。

走出乌什县南孔儒学馆，风柔柔地吹过，丝毫没有夏季的味道。古老乌什，美丽乌什，我还没离开，就想着何时与你再相逢。

美食十二配郎酒

第二辑

美食与爱

"阿秋,你去援疆了?"

我的突然离开,简直像初春的花,明明还是冬天的感觉,一夜之间,开得人喜了又惊。

朋友们的微信和电话,俨然一道满汉全席,热烈、丰盛,又无可替代。

"那里的饭菜,你能习惯吗?"

对于一个正宗的吃货,最让人牵挂的还是吃。"除了晒学生,就是晒美食。"这是朋友们对我的评价。《钦差大臣》中说:"我喜欢吃,活着就是享受。"我对待食物,就像写小小说,有时节制,有时汹涌。

大众的早餐，经典搭档往往是鸡蛋、油条、稀饭、榨菜。我的早餐，喜欢蒸、煮、炖、炒，齐齐上阵。午餐的荤菜，更是多多益善。学校食堂那位胖乎乎的可爱的师傅，总是把更多的荤菜盛给我，说："王老师，最羡慕你这么能吃，身材还这么好。"她的笑容，多么像一位温和的亲人。我对她的这份亲近感，完全来自食物。

暑假刚去新疆旅游回来的好友告诉我："新疆的菜，我们吃不来的。"

要断开以往的饮食链接，改变多年的饮食模式，需要有"断舍离"的勇气。

我已然把自己设想成一位勇者，为新的生活披荆斩棘，也让我的胃囊在疼和忆中，得到感悟和成长。

而生活，其实就是一篇小说，它让你从自然的氛围中醒来，转瞬将故事置于悬念中。精神的内核和外在的形式形成巧妙的碰撞，让人深陷其中，甚至幸福得战栗。

由于在居家观察，我们的所有饭菜，都是送到宿舍的。每一餐，都用好几个盒子装好，色彩斑斓，热气腾腾。

早餐的丰盛，远远超出我的想象。就说最近几天的，有小米糊、玉米棒、牛奶、水果、水煮蛋、兰花豆、荤素饼，还炒了豆腐青椒和绿豆芽。那饼，足够两个人吃。午餐和晚餐，荤菜的量多得让我恨不得再有一个肚子。且到目前为止，没有一个菜重复。一次,晚餐突然冒出大饺子,饱胀胀的,和紫菜、虾米共舞。不仅如此,还带了两个配菜。

每一餐食物,都是一个有故事的空间。我喜欢偷听食物的谈话,用我的鼻子。听,羊肉正和胡萝卜窃窃私语,芹菜拍着猪肝的肩膀,鸡爪和笋条、枸杞默契地游着泳……谈话的内容,总是能香掉我的鼻子,迅速叫醒我的唇和齿,把胃囊感动得不能自已。

晚上的会议上,温宿县第四中学的刘书记问:"这里的饭菜,老师们还习惯吗?"

他的话音还没完全落地,我就回答:"习惯习惯,非常非常好吃。"

我们的援疆工作,得到了太多人的关怀。为了让我们吃得舒心,援疆指挥部专门帮我们请了好脾气的厨师小邓,为我们制作家乡风味的菜肴,同时又让我们品尝新疆特色。

海子在《四姐妹》中写道:"风后面是风／天空上面是天空／道路前面还是道路。"在美丽的阿克苏,美食的后面是美食,爱的后面是爱,春天的后面还是春天。

茴香

  大片大片的金黄色花朵，向远处延伸出一条华丽的毯子。那细细的叶子像松针，却比松针娇嫩、柔软。

  "你们看，这植株像不像一个善字？"新疆的友人说。

  还真是。那旁逸斜出的小针叶，仿佛昆虫的小触角，围着那主枝向外伸展，就像献给人间一朵一朵美丽的"善"。

  这样仁心的长相，莫非和神仙、佛祖有关？

  如此一想，我看它倒像绿色的拂尘，那又细又柔的分支，仿佛能拂去人间所有的尘埃。

  它，到底是什么花？

  茴香花。

这是茴香？这就是茴香？

记忆爬过天山托木尔峰，涉过塔里木河，哗啦一声，就跑到了眼前。

那时的我，比八仙桌的凳子高一点儿吧。村里的"人民大礼堂"总有几天很是热闹，看戏啊，看电影啊，全村男女老少进进出出，把门口小贩的嘴巴都挤歪了。"茴香瓜子！香掉牙的茴香瓜子！"其实小贩不用喊，香味已经像冬风一样恣肆了。花上一角还是几分钱，买上一小包茴香瓜子，整整一天，味蕾都能兴奋着、满足着。至于电影到底放了什么，或者台上那个咿咿呀呀地唱出了什么情绪，那统统无须理会。

茴香，就是最香的情绪，最香的生活。

后来，读到鲁迅的《孔乙己》，茴香豆成了这个落魄文人最好的下酒菜。当孩子们向他要茴香豆的时候，他的内心是多么的矛盾。"多乎哉？不多也！"也许，小时候那个叫周树人的孩子，也像当年的我一样，特别钟爱茴香的香。于是，他把茴香豆送给了小说中的人物，抚慰他们贫瘠寡淡的日子。

但我一直不知道茴香长什么模样。它也许长得像红豆或黑豆，被商贩煮开后，取了汁水，或者像树叶一样，把一整包放进瓜子里炒，让香气通过纱布跑出来。

一个偶然的机会，我终于见识了茴香，那个能让香气变成菱形，四处翻跟斗的茴香。它细细长长，像小小的眼睛，也像没长开的瓜子，又像未成熟的秕谷。从此，我总是把茴香和这娇小细碎的小精灵画上等号。

在离家万里之遥的新疆，我居然见到了水灵灵的茴香！这种感觉简直像一个一直生活在记忆里的人，突然走出来拥抱了我。我和她分明是熟悉的，又是陌生的。

我忍不住蹲下来细细端详，看她的眉眼，看她的腰肢，听她的呼吸，听她的呢喃。

如此小家碧玉的她，居然有这么霸气的香。就像一个南方的姑娘，居然能大碗喝酒，把身边人一一征服。她小小的身体里，到底藏着什么，是童话还是神话？

友人告诉我，茴香全身是宝，可药用，可食用。它的果实能做香料，它的幼苗可以做菜。

巧的是，我真的吃到了茴香。在新疆阿克苏温宿。

那天，厨师小邓做了一道新鲜的蔬菜。我从没见过，又似乎见过。我拿了一点儿走开时，小邓说，那是茴香。

我赶紧折回，又添了一些。

茴香的味道，和它的长相一样独特，有点香，有点甜，又有点苦。我越吃越有滋味。

后来，小邓还用茴香拌肉末做成饺子和包子。茴香和肉搭配，妥妥地化解了肉的油腻，就像街道调解员，温和可亲，以理服人。

不知道为什么，每次听到茴香二字，我就有柔软的触动，就像触及了生活的纹理和人生的禅意。

嵇康曾在《怀香赋序》一文中写道："余以太簇之月，登于历山之阳，仰眺崇冈，俯察幽坂。及睹怀香，生蒙楚之间，曾见斯草，植于广厦之庭，或被帝王之囿，怪其避弃，遂迁而树于中堂；华丽则殊采婀娜，芳实则可以藏之书。"竹林七贤的精神领袖，如此怜爱茴香，是茴香之幸。如今，那个曾经被遗弃在历史时空里的茴香，伴随着家常日子，传递着自然真味、人生真味和文化真味。

一个人，一旦拥有很多的"善"，传播很多的"香"，就有了茴香般的灵魂，就有了一颗芬芳柔软的心。

无花果

很久以来,我都讨厌那个叫无花果的植物。

作为一名下得了厨房,又上得了讲台的天秤女,我在他人眼里是温柔又能干的。我做事迅捷,不喜拖拉。这样的秉性,在厨房未必是好事。我的脸就是一个证明。隔三岔五地,厨房的油就会在脸上留个小小的"吻痕"。有一次,一滴油飞到我的右眼角下方,我感觉那里"起了火",赶紧往脸上扑水。一段时间后,被烫到的地方还是留下了一个印记。我就想着用眼镜腿遮住,把头发垂下一点儿,可总觉得人家的眼神反而聚焦到了那儿。

朋友说,用无花果的叶子擦擦就好。

邻居的邻居正好有无花果树。我摘了片叶子，做了这件美化皮肤的大事。

不料大事成了坏事。几天后，痕迹变大了两三倍，俨然是一块老年斑了。先生说，你胆子真够肥的。干吗不先抹在手臂上呢？把脸当成试验田了。

他怪我，我怪谁呢？

还不是无花果树叶子惹的祸。

村里老人说，有一些树家里是不能种的。桑树，种不得；无花果，也种不得。无花果，多不好听啊！我们要的是开花结果，没有花，怎么行？

也是。连花都没有，叶子还这么"坏"。我对无花果的印象又差了几分。

后来，乡下建了房子。老爸拿来一盆无花果，说他顺手折了一根枝条插在花盆里，竟活得这么好。舍不得扔啊！

于是，就种下了。

进门出门，也不曾留意它。等我注意到它的时候，个子已经蹿得老高了。那小小的果子，竟然先于叶子生长。而叶子，一长就长到了巴掌那么大。

好家伙，步伐迈得可真够大的，想来是个泼辣的主儿。

五月底，来家里的鸟儿突然多了起来，每天在枝头欢叫着，跳跃着。

一日，我走进院子，看到枝头有一个无花果，已经被鸟儿啄去了大半。一转身，旁边一个顶端紫色的无花果，果皮已经剥离了一部分，上面爬满了蚂蚁，正拼命吮吸着琼浆。

这些小东西是非常聪明的。那些有毒的果子它们从来不碰。那些不成熟的果子，它们向来不理。

如此说来，我也应该和鸟儿、蚂蚁来一场抢夺。

小果子躲在大叶子后，鸟儿也不容易一一发现。我摘了一个，从上面那个紫色的小口上掰开，探索性地吃了一小口，软软甜甜，倒是舌尖喜欢的滋味。

于是，我不得不重新认识无花果。

无花果是生命的象征。它被供奉在希腊、埃及和罗马的圣殿里。无花果的叶子其实比果子还有名。《圣经》里记载，亚当和夏娃偷吃禁果以后，"眼睛就明亮了，才知道自己赤身裸体，便拿无花果树的叶子为自己制作裙子"。这又大又有花边的叶子，成了人类先祖最早的衣衫。假想一下，如果当时亚当选的是枣树的叶子，估计只能遮住自己的半只眼睛了。

无花果，是很有故事的。

希腊神话故事里，日神泰卫为了营救被天神宙斯紧紧追赶的勃克斯的儿子，就让他变成一株无花果树，瞒过了天神宙斯。

古罗马传说中，有一株无花果树，庇护过罗马的创立者罗莫路斯王子，躲过了凶残的妖婆和啄木鸟的追赶，后来这株无花果树被命名为"罗来亚",意为"守护之神"。

无花果其实是有花的。那淡淡的一点儿红色,悄悄地藏在花托内。它一定是为了储存营养,去孕育果实。如此谦逊的姿态,却被世人误解和伤害。无花果什么也没有解释。它平静地接受着一切。

2021年9月2日凌晨,我从东海之滨的浙江来到万里之外的新疆,吃上的第一份水果,就是无花果。

只是当时,我不认识它。

有种水果,扁扁的,带点黄。剥开薄薄的皮,甜得简直像把舌头浸在了蜂蜜里。

我很好奇。得知是无花果的时候,我更好奇了。怎么新疆的无花果这么大、这么甜?

无花果抗盐碱。它的好脾气使它在新疆大地安了家。而新疆,这个日照特别强的地方,又让无花果拥有了一颗超级甜蜜的心。

微风中,无花果带着花边的大叶子发出簌簌的声响,仿佛在向我诉说一个个生命的故事。

打馕

听说新疆有一种美食，叫馕。男人出远门，带上一袋馕，可以吃一个月。如果要去沙漠，只需带上馕和水。新疆男人吃早餐，最喜欢就着茶啃馕。

馕，到底长什么样？和我们家乡的酥饼一样，脆脆的吗？和我们的干菜饼一样，里面有干菜猪肉吗？

缘分让我成了援疆人。

国庆的一天，潘老师拎着一个大袋子走过来："吃馕吃馕。"

这就是馕吗？怎么有脸盆那么大？放在身前，能把整个前胸挡住。

突然想起那个老故事。

有个懒人，懒得做任何事。母亲临出门，给他做了张大饼，挂在脖子上。回家时，发现懒儿子还是饿死了。因为他只吃了嘴巴能碰到的饼，其他地方懒得移动而吃不到。

故事中的那个饼，不会就是新疆馕吧？只有它，才能这样形如圆盘呀。请原谅我的浅薄，我的人生阅历里，还没有见过这么大的饼。

"这样的特大号馕，只需4元钱。"潘老师说。

"新疆人的胃口这么好吗？一餐能吃掉一个？"

大家笑了。"切着吃，掰着吃呀。"

我也掰了一块。喂进嘴里，干巴巴的，硬硬的。这有什么吃头？我的脑中升腾起问号。"潘老师，您买这么多，怎么吃呀？"

"我寄回老家。老板说，可以放汤里吃，可以垫肉下食。很香很香。"

有人接话道："我泡方便面时加一点儿，很好吃。"

我又掰了一块，细细咀嚼。奇了，它果然是有内涵的美食，香味就在咀嚼中浓郁起来，说不出具体是什么味道。似乎有孜然，有牛奶。

吃团餐时，又吃到了馕，它切成一块块的，垫在鸡肉下面。馕变软了，变辣了，隐隐有鸡肉的香味。有人说，馕配羊汤也不错。

晚上，母亲在电话里问："吃'狼'了吗？"

"狼这里没有。羊吃了不少。"

"不是，我说的是那个饼一样的东西。"

哈哈。这个馕，真是让人牵挂呀!

大巴车师傅要修汽车，说要给我们停在一个卖馕的地方。只见前方一排溜开，都在卖馕。广告牌很简单，用维吾尔语和汉语写着：肉斯坦木·亚森的馕、阿迪力·买买提的馕等。并不干净的瓷砖上直接堆着一个个黄灿灿的馕，四周高，中间凹，上方撒着芝麻。一侧用厚厚的花布盖着。圆圆的面团也放在一个包着花布的圆形容器里。我想和老板对话，终是不成。他们只能用简单的数字说价格。

机缘还是来了。一次阿曼古丽老师来我们办公室。我一问，她家就是做馕的。阿曼古丽老师告诉我，馕是打出来的，叫打馕。新疆的小麦一年只有一季，所以磨出的面特别劲道。把加入牛奶、鸡蛋的面团发酵好，想吃肉的加点羊肉。维吾尔族的家庭一个月要吃掉一只羊，猪肉绝对不吃。面团揉一会儿排气，搓厚实后，压扁整理成圆形，中间凹，边上卷，用圆形的带针的叉子扎眼。扎过眼的馕烤出来会更香。把没有加工过的胡麻油烧开，凉却后加入皮牙子（洋葱）、黑白芝麻等，涂到馕的一面，然后把它打到一个圆形的馕具上。馕厚厚的，里面是结实的麦草，外面包着花布。再把涂油的一面朝上，打到馕坑里。打馕是个技术活，你可以想象，把一个大大的馕一气呵成地打在坑壁上，不变形，不打滑，会是多么酷。

做馕坑也有讲究，最理想的馕坑是用碱性特别强的泥土和着砖块砌成的。比如戈壁滩的盐碱地、克孜勒镇的泥土。这样馕坑本身就带着咸味，烤出来的馕才有一种独特的香。

烤馕前，要用柴火烧热馕坑，烤时把柴火撤下，靠炭火的热度来烤。红红的木炭，圆圆的馕，热烈地相爱，深情地缠绵。馕散发出来的香，像一句句迷人的情话，把馕坑填了个严严实实。

倘若温度不够，就要打开前面的小门。烤馕的温度，要不高不低，刚刚好。烤馕是个慢性子活，就像持久的爱情，温润的，香甜的。

馕是维吾尔族的食品之"母"。烤包子、烤鱼、烤全羊等特色美食都由烤馕演变而来。馕种类繁多，有窝窝馕、营养馕、菜馕、芝麻馕、苞谷馕、喀克齐馕、托喀西馕等。卡克恰馕是专门在宴席上吃的馕。在婚宴上，有一项吃馕的特殊仪式。此时的馕必须用盐水浸泡过。一对新人吃了，意味着白头偕老。馕在新疆，是一种精神象征，是一种信仰。

传说，在很久以前，维吾尔族人遭遇了自然灾害。他们在茫茫沙漠中迷失了方向，是馕帮助他们征服了沙漠，重新开启了美好的生活。

新疆馕，和新疆的土地、百姓一样，粗犷大气，有着厚重的文化积淀。你越走近它，就会越爱它。

柯坪羊肉

张总盛情，邀我去柯坪吃羊肉。

来回 120 多千米，就为了吃一顿羊肉，是不是太折腾了？

值得值得。柯坪羊肉有"新疆最美的味道"的美称，绝对占据所有羊肉种类中的第一位。柯坪盐碱地多，羊肉肉嫩、味美、无膻味，闻名疆内外呢！

张总的回答让我的胃肠充满期待。

下了车，却发现眼前是几间格子一样的小房，以及一片茫茫的沙漠。

羊是现杀现烧，自有厨师打点。我们先去沙漠。

几个月前，我去过塔克拉玛干大沙漠，看到了黄色的沙漠。不承想，吃一顿柯坪羊肉还有如此丰厚的馈赠，让我见识了红色的沙漠。

只见入口处写着"柯坪县玉尔其乡红沙漠旅游"字样。一旁的空地上，停着越野车和摩托车。一块立着的牌子上用汉语、英文和维语写着《越野车安全须知》：车手必须戴头盔，系紧头盔安全带，长发必须压在头盔内。注意左脚蹬是刹车，右脚蹬是油门……

有人脱下鞋子，赤着脚走进了沙漠。我和两位女伴穿着高跟鞋往里走。走上一段，往前看，阳光化成金粉，洒满周围。红色的沙漠，像大海起伏的波浪。我真想纵身一跃，跳入这波浪中。正遐想间，一辆摩托车呼啸而过，留下一片席卷的"浪涛"。紧跟着，越野车也呼啦一声，向沙漠深处而去。一如不老的青春，果敢，张扬。

男人从来不喜欢遮遮掩掩。他们爱沙漠，就勇敢地启动车子，在上面叫喊，颠簸，享受激情带来的快乐。

无端地想起杜拉斯的《情人》："一位懵懂无知的法国少女，青翠欲滴地独立于码头，烈焰红唇，透出浑然天成的性感。"

这份性感，迷倒了男人，也迷倒了我。

一望无际的红色，像天神倒在蜂蜜里，也像青葱少女初尝红酒，有了微醺的迷离。远方起伏的沙丘，呈现出迷人的线条。那曼妙的体态，定然是人间万千女子的向往。

梭梭草零星地分布着。一丛一丛，像少女随意撒落的纽扣。不，那是少女被风吹成一团的笑声。

据说，隆冬时节，游荡在柯坪县西北部高寒荒原上的骆驼和黄羊，为躲避寒冷，偶尔会光顾这片红沙漠。吸引它们的，就是这些梭梭草。

梭梭草，是红色沙漠中的唯一。除了风，除了空气，没有谁和它争红沙漠。它属于红沙漠，红沙漠也属于它。

此时，犹如启动了某个开关，时间停了下来。

我想起院子里的小沙堆。孩子总爱在沙堆旁蹲上半天，一会儿把沙子捧在手心里，看它一点点从指缝溜走；一会儿把沙子堆成小小山，堆了又推倒，推倒又再堆，乐此不疲。梅雨季节，我把豆子或花生米埋进沙子里，等着它们长出乳白色的芽。

现在，这小沙堆蔓延成"大海"，一个数十平方千米的沙漠海洋。我忍不住把沙子抓在手心。好细好细的沙子呀，它们分明是面粉。历经亿万年的千锤百炼，红色的砂岩风化成了小沙粒，这是时光的奇迹，是新疆柯坪的奇迹。

我让女伴拍下了我扬起沙子的照片。红色的沙子在风中团聚后散开，就像初春绽放的花朵。

临走，我拿出一个塑料袋，装了一小袋沙子。

这不是普通的沙子。这是红沙漠，是柯坪的羊和柯坪的风走过的红沙漠啊。

回到格子间。司机已经在穿羊肉串了,那是重七八千克羊娃子的腿肉。烤炉的左侧,胡杨的树桩正在燃烧。烧成红红的炭条后,把它们敲成小块,扒拉到右侧。把羊肉串放在上面,用扇子扇动,两分钟左右翻个身。羊肉从胖乎乎的鲜红色变成了紧巴巴的红黄色。再撒一把孜然,撒一点胡椒,一串喷香的羊肉串就成了。在滋滋的声响中,吞咽口水的原始技能开始启动。香,真香。我站在烤炉边,一口气吃了七串。

　　餐桌上,更有那美味的恰玛古清炖羊肉汤,极大块的羊骨肉伴着地道的新疆胡萝卜,好吃得让人忘了身在何方。

　　不过,我不会忘记,这里有性感的红沙漠,有啃着梭梭草的柯坪羊。

烤包子

在我的认知里，包子是蒸出来的。袅袅的雾气里，软软热热的包子，开启一日的人间烟火。

当包子和烤炉亲密携手，它是有了酥饼里外松脆的品格，还是有了烤番薯外焦内软的气质？

某日站在一溜馕坑前，听同行的人说，这里有烤包子。我就那么不远不近地看了一眼，包子是冷的，方方的体形，瘦瘦瘪瘪的身子，加上当日的沙尘暴天气，沙土毫不掩饰地落在它身上，我实在无意走近。

几个星期后，一同援疆的教师小李在电话里呼我过去吃烤包子。

"热的吗？""热的。"

我的眼前，马上出现了一团火，包子和火热烈缠绵后，身上依然塞了一把火，一口咬下去，牙齿发出哧哧的欢呼声。

可惜后面我有课务在身，只得说："帮我带到车上吧。"

其实，我很少让人这样带东西，一来觉得未必卫生，二来也觉得麻烦。可我，还没有吃过烤包子呀，自然要破了小规矩的。

一个烤包子，历经两个人的手后，来到我这里。此时的它，已然失去了"热情"。火留给它的是表皮的黄和硬。咬到第二口的时候，我吃到了里面的羊肉和洋葱，被烘烤过的它们显然比红烧的味道更有嚼劲，带着炭火的气息。

站在馕坑边，吃着最热乎的烤包子，成了我的一个小期待。

终于成行。

卖烤包子的是一对夫妻。大叔沉默寡言，大婶会说几句简单的汉语。

大婶把没有发酵过的包子皮擀平，比饺子皮厚一些，防止烤的时候水分和油跑出来。然后，把四边折起来，像叠被子一样合成方形，把包子馅放进去。那馅是用羊肉丁、羊尾巴油丁、洋葱、孜然粉、胡椒粉、精盐等，加入少量水拌匀而成。烤包子维吾尔语叫"萨木萨"。做烤包子要用新鲜羊肉，最好选择肥瘦均匀的羊腿肉，太瘦的口感太柴。大婶捏紧边角，递给蹲在坑边的大叔，大叔一弯腰，包子便贴到了坑壁上。

烤包子所用的馕坑，叫"沙木萨吐努尔"，比一般馕坑要小。馕坑往往用小号的水缸，取了缸底倒扣，四周用碱性的土坯垒齐。烤包子时，可以往烧热的坑里再洒些盐水，包子会贴得更好。

那些包子，一旦进了坑，就仿佛拥有了神奇的力量，牢牢地攀在坑壁上。是它们围着红红的炭火，还是红红的炭火簇拥着它们？我凑到坑前望了望，热浪差点封住了我的鼻子。我赶紧退后两步。大婶说，馕坑里的火温有一百多度呢。

十分钟左右，大叔用一把类似于漏勺的工具，将坑内的包子盛出。大叔环顾四周拉着声喊："依布拉音·艾利克斯拉木包子咧——"据说此人是几百年前的名厨，后人就拿他的名字作为招徕顾客的由头了。

刚出坑的包子，皮色黄亮，透着羊油的沁色。大婶将烤包子倒在铺了厚花布的桌子上，一脸欣喜地连声赞叹，好像突然间开采了一座宝矿。

我拿起一个，用五根手指围住，热乎乎的感觉从手心传到全身。看着同伴开吃的样子，我却一时做不出任何动作。大婶以为我不想吃，在一旁说："香。很香。"

看着包着头巾的大婶，让我想起了早年的维吾尔族游牧民。他们出外放羊、打猎，都自带馕、水、刀、面粉等。在长久的野外饮食探索中,他们发明了烤包子。聪明的牧民找来三块石头,两块当支架,平整点的一块架在上面,用木炭把石头烤热,再把现做的包子贴在石头架的内壁上。一个民族的智慧往往源自时间和实践。

  我轻轻咬了一口又一口。烤包子外皮酥脆,肉馅鲜嫩,羊肉的腥气荡然无存,有的只是香气在口腔内冲撞。像天山梦城的风,吹得杨树哗哗作响。

大巴扎

巴扎，是维吾尔语，意为集市、农贸市场。作为古丝绸之路上的重要贸易站，生活在新疆当地的少数民族自古以来就崇商，有经商的传统，"巴扎"就是他们从事贸易活动的场所。

阿克苏，维吾尔语意为"清澈的水"，境内1298条冰川源源不断地供给大小16条河流。阿克苏位于新疆天山南麓，地处南疆中部、塔里木盆地北部、塔里木河上游，是一个以维吾尔族为主体的多民族聚集地区。阿克苏地区乌什县聚居着维吾尔族、回族、柯尔克孜族、哈萨克族、塔吉克族等少数民族，占全县总人口的96%以上。每周日的早晨十点到晚上八点，阿克苏大巴扎，成为乌什县老百姓采购生活用品最实惠、最丰富的选择。当地人估计,每次来大巴扎赶集的,超过万人。

小时候,我喜欢去逛集市。一堆堆东西堆在路边,一堆堆人挤来挤去。吆喝的声音带着乡野粗犷的气息,在人群里像鱼儿一样窜动。这个摸摸,那个看看,买上一串麻麻甜甜的金钩子,边走边吃,把整个集市的喧闹声都屏蔽了。

春日的下午,朋友带我来到了阿克苏。只见一块枇杷黄的牌子上写着:阿克苏市依干其综合服务中心(托合孙巴扎)。左侧是汉语,右侧是维吾尔语。来新疆半年多了,我对维吾尔语依然一窍不通。它们的外形像一只只漂亮的蝴蝶,主体部分是蝴蝶的身子和翅膀,上方是触角,下方是小尾巴。不过,我学了几句发音,用汉语记下了。"你好"叫"梯西雷克木";"谢谢"叫"雷呵麦特"。

整个巴扎分为好几大区,有日用品区、蔬菜水果区、美食区以及旧物品区,等等。一眼看去,不是物品,就是人群。和内地不同的是,这里的场面要大得多。女性大多扎着头巾,整个头部只露出脸。当然,因为疫情防控需要,大家都戴着口罩。好多摊位都有喇叭在吆喝。全是说维吾尔语,我自然一点儿也听不懂。不过,肯定在讲他的东西质量好,价格便宜。

干果区摆放着紫皮腰果、核桃、巴旦木、夏威夷果、无花果、开口杏、葡萄干、桑葚干等。水果区有草莓、西瓜、哈密瓜、苹果、葡萄等。这里阳光强,雨水少,水果特别甜。我们来新疆这么久了,还没有见过雨。听说早些年,五六年都没有下一滴雨。前几天,内地的朋友问我:"阿秋,你在新疆知道内幕,新疆的枣子加工的时候,有没有添加糖啊?"我笑道:"有啊,新疆水果的糖,就是阳光啊。"

此时的阳光,像一锅温度刚刚好的粥。我喝了一碗又一碗,粥不见少,反而越来越稠了。就像大巴扎上的物品,越逛越多。

色彩斑斓的布匹、形形色色的桌布、各种造型的桌凳、不知名字的药材……可作为地道的吃货,我最不想辜负的,还是我的舌尖和胃。

买卖是件很有意思的事情。"梯西雷克木,多少钱?"我一边说,一边比画。"五。"对方伸出五个手指头。老援友告诉我,在新疆,买东西不讲斤,都讲千克。这么可爱的草莓五元一千克,那不是白捡吗?

又是一番比画,才知五元是一百克。

还未到美食区,香味就先拥抱了我。那是孜然、胡椒、炭火的味道。肉串在一排排地自动翻转;烤包子做成了半圆形,一个包子就有我的两只拳头那么大;粽子堆得高高的,全用柠檬黄的小皮筋扎着;酸奶浓稠,一碗碗盛出来,放在地上;凉面上的油红得要飞出来似的……

一位烤羊肉串的麦麦提(我们称呼新疆男人"麦麦提",

称呼新疆姑娘"古丽"),见我在看他的烤架,就用生硬的汉语招呼:"来,一起拍个照。"

他的烤架和别人一样,一侧是一个上大下小的火炉,那是一个四边形的大漏斗,连通着它的是一个细长形的烤槽。但他大漏斗上的木桩放得特别大,弯弯长长地翘向天空,简直是把整棵大树的脚掌和小腿全放进去了。

麦麦提穿着酒红色的方格子衬衫,微微隆着肚子。他在镜头前竖起大拇指。是在为他的羊肉串点赞,还是为我们的美好时刻?

合影后,我们继续往前走。一位穿着厨师服的麦麦提吸引了我。他的烤架前,有一台又黑又沾满了油的"电风扇"。旁边的游客告诉我,这是抽油烟的机器。把油烟往里吸,就能少进眼睛里。看来,他是有几分讲究的。

看了几个烤架和烤串后,我又往回走。和我合过影的麦麦提正在起劲喊:"没结过婚的羊羔子咧——四元一串。"

"来一串,三元。最瘦的那串。"

他点点头撒上孜然,乐呵呵地递给我,继续喊:"没结过婚的羊羔子咧——三元一串。哦,四元一串。"

羊肉串在阳光下闪着诱人的色泽,我几口就把它吃完了。当我转身时,羊肉的香味以及麦麦提独特的吆喝声还在我身边萦绕,我真想再吃上几串。

时间总是在某些时刻过得特别快。似乎没过多久，却已经逛了两个小时，大巴扎还远远没有逛完。但我已然领略到了传统的新疆文化，吃到了地道的新疆美食。

新疆的大巴扎是农耕文明的产物，是物流、信息流的中心，富有时代特色和地域特色。它就像新疆戈壁滩上的骄子——骆驼草，一簇簇聚集在一起，平凡的外表下，充满了生命的张力和激情。

大盘鸡

在外吃饭,我很少点鸡。

饭店的鸡,大多是养鸡场几十天出笼的鸡,外观水白,肉质绵软,食之寡味。

我不仅养鸡,还孵小鸡。我家的鸡,吃的是草、玉米、青菜;晒的是泥土地上的阳光;吹的是红豆杉、蜡梅、栀子、枣树们送的风。母鸡负责下蛋,公鸡负责呵护"后院"。一群母鸡中有一只公鸡足矣,另外的公鸡,可以选个好日子,拿到母亲那儿,让她做钵头蒸鸡。

做这道菜,光钵头就要两个。钵头是用红缸泥烧制的。小钵头用来盛鸡肉,上面有一圈边沿,便于端拿。大钵头用来罩住小钵头。在铁锅里垫上三块小瓦片,将小钵头放在上面,把清洗干净的鸡剁块,放进鲜姜、生抽、黄酒、盐等作料,加上排骨,再罩上大钵头,用文火慢慢地炖。快好的时候,可以加上泡发好的木耳或虫草花。

就这样蒸上两三个小时,将小钵头端上桌,只见里面还在热腾腾地冒着泡,鸡肉和鸡汤都黄得发亮,诱人的香味能呼啦啦跑出几里地。

吃过这样香喷喷的鸡肉,一般的鸡肉我真看不上。

那天,有人提议去某某店吃烤串。说每次路过那儿,都发现门外有人排队等着,乍看还以为是一家银行。

"快点快点,要没位置了。你看,门口叠着凳子吧。还好来得早。"

说话间,迈进这家店。清清爽爽的原木桌凳。我们找了6个人的座位坐下。

"今天不做烤串。只有大盘鸡和面。"食情汇报之后,店家端上来一盘花生米、两盘酸辣菜,说是送的。

三盘菜都见底了,一盘炒面吃了大半,大盘鸡还没端上桌。于是我们继续天南海北地神侃。一壶茶又见底了。只见一大团阴影移过来,服务员手上像端着一个磨盘。把菜稳稳地放下,桌子已经被霸占得露不出边缘。

怎么有这么大的盘子?

这还是盘子吗？它分明是一口大锅。只见大盘子上各种色彩推搡着登场，红色挤着绿色，绿色推着白色，白色拉着酱色，黄色羞涩地笑着。它们是一座缤纷的花园，是一场艳丽的民族舞蹈，是一部天真烂漫的儿童剧。

新疆大盘鸡先以"大"来震撼我们，又用"色彩"来诱惑我们，下一步自然应该是亮出"真刀实枪"了。我夹起一块明黄的土豆，有鸡肉的香和土豆的糯。再夹起一块浅黄的胡萝卜，喝足鸡汁的胡萝卜有了水灵的润感。无论吃什么，都麻麻的、辣辣的。

终于明白大盘鸡为什么这么富足了。它的配料，完全在和鸡肉争风吃醋，抢夺霸主地位呢。你看，大红的辣椒一截截，翠绿的芹菜一段段，硬邦邦的青椒一块块，月白色的大葱一圈圈，软软的大白菜温和地应和着，土豆和胡萝卜更是见位置就占。缝隙里，都是花椒、桂皮、八角等作料。整个造型可谓灿烂而热烈，狂野而奔放。当然，店家还是主次分明的。鸡肉明显堆在上方。因为盘子大而平，它们四下滑落，而我习惯先尝尝素菜罢了。

此时，吃鸡肉的良辰已到。我夹了一块带骨头的。只见它通体呈亮黄色，也许这盘菜是用熬出的鸡油炒的，也许是先把白糖熬成糖色，再翻炒的。咬一口，肉质筋道，却不老。麻、辣、鲜、香、韧等齐上阵，把胃肠安抚得妥妥的。

肚皮已见圆，店家又端来一盘水煮皮带面，又宽又厚，直接把它倒在大盘鸡上。按照新疆的规矩，一份大盘鸡赠送一份皮带面。面拌上汤汁，吃起来韧劲十足，又携带各种香味。看来，这只鸡是得到了最好的利用，所有的食材都要沾沾它的鲜，以求得到最极致的升华。听说，真正优质的大盘鸡要精选大草原上以中草药和虫子为食的上等土鸡，必须要有皮带面，且不得少于200克，辅料中要有大白菜，要兼具肉食、主食、蔬菜的营养价值。

抬头四顾，这家店的客人点的菜，除了大盘鸡，还是大盘鸡。像我们这样，又点大盘鸡又点面的，肯定是初来乍到的。大盘鸡，既当菜又当饭，可真是经济又美味啊。

烤全羊

我向来对太大的食物兴趣不大。我的家乡东阳，婚宴上、生日宴上，往往不是全鸡、全鸭，就是蹄髈，也是一刀不切，整个端上。那份霸气，宣告着喜气和吉祥。

来到新疆才发现，全鸡全鸭，实在不算什么。这里什么都阔气，面条又宽又厚，直接叫"皮带面"；馕又大又圆，能同时挡住四五张脸；烤鱼从中间剖开，扁扁长长，要一人一条，不能分着吃。

吃烤全羊，又该是怎样的气势啊？又是谁，开启了这等豪迈？

相传，清代有位阿拉善盟的汗王娶了一位美丽的京城格格为妻，对其特别宠爱。这天，格格要吃烤鸭，可难坏了厨师。这里根本没有鸭子，如何是好？厨师急中生智，找了一只仅两年的小绵羊，按照做烤鸭的方法，刷调料，搭烤炉，并选用阿拉善盟独有的梭梭木点燃烤炉。梭梭木不但火力强盛，还有一种独特的香味。小绵羊经过四个小时的烤制，全身枣红油亮，汗王和格格吃了大喜。

其实，烤全羊的渊源，可追溯到元代。《朴通事·柳蒸羊》中有如此介绍："元代有柳蒸羊，于地作炉三尺，周围以火烧，令全通赤，用铁箅盛羊，上用柳子盖覆土封，以熟为度。"可见，烤全羊要有专门的烤炉，制作复杂讲究。到了清代，各地蒙古王公府第几乎都用烤全羊招待贵宾，这是高规格的礼遇。

羊大为美。"美"字的创造，是文字的演化史，也是先民的生活史。吃上一只香气扑鼻的大羊，是美食的盛宴，更是一份富庶和荣光。

新疆地产的阿勒泰羊是哈萨克羊的分支，属于肥臀羊，肉质鲜嫩无膻味。最好选用两年左右的阿勒泰羯羊。羯羊是被阉割了的公羊，肉质最好。宰杀剥皮，去头，去蹄，去内脏，用一头穿有大铁钉的木棍，将羊从头至尾穿上，羊脖子卡在铁钉上。再用蛋黄、盐水、孜然粉、胡椒粉、白面粉、姜黄等调成糊。姜黄的块根长得像生姜，颜色比生姜要黄，香气特别丰富，有着胡椒味、麝香味和橙子味，还有些微苦和辛辣。中医认为，姜黄能破瘀、止痛、抗炎。在烤全羊里，它是必不可少的配料。

全羊抹上调好的糊汁，头部朝下放入炽热的馕坑中。馕坑中红炭的极致追求是火硬、无烟，又自带清香。一般选用核桃木、苹果木、杏木、梭梭木等。盖严坑口，用湿布密封。

烤全羊是时间的作品，讲究一个缓字，没有等待的耐心，就没有让人惊艳的烤全羊。生活就像一道烤全羊，一是一，二是二，步步相扣，有条不紊。有时走到水急处，有时走到水缓处，自有节奏，不可逾越。

缓缓地焖烤三个小时左右，揭开盖观察，若木棍靠肉处呈白色，全羊呈金黄色，烤全羊就可以出坑了。

按照传统规矩，宴席上五道菜后，烤全羊才出场。此时的烤全羊，裹在一块红布里，寓意鸿运当头。把烤全羊立起，置于一个大盘中，把它端给宾客观赏后，再端回去，切成大块重新上桌。配以葱段、蒜泥、面酱、荷叶饼，并随带蒙古刀。不过，原始而地道的烤全羊，是不需要加油盐和任何作料的。就像真正的美，是天然去雕饰的。

我们在汉易水乡吃的烤全羊，是作为第一道菜上来的。出炉后，放在案上的时间久了，羊肉少了一份热烈的激情，而且也咸了一点儿。不过，老板和我们同一桌就餐，我们个个都说非常好吃。

人就是这样，有些真话，当面说不出口。

吃烤全羊，最好掐准时间。真正高明的厨师，在高规格的场合，那是连上菜的步数都算好的。烤全羊，是火与炭的舞蹈，是火炭与时间的爱情，是一场大美的喷涌和沸腾。

那么，就让我站在刚出坑的烤全羊边，直接用手掰下一块，啃它个手指流油、日月无光吧。

你好，冰糖心

有三个苹果非常有名。

一个诱惑了夏娃，一个砸醒了牛顿，一个成就了乔布斯。

来到新疆后，我才发现，还有一个苹果非常有名。它叫冰糖心。不知道它是不是也有诱惑、砸醒以及成就谁的雄心。

冰糖，是我厨房的必备。做红烧肉，熬点冰糖提色；炖燕窝百合，加几粒冰糖，提升甜度。那冰糖做的心，是不是甜得腻歪，抑或剔透晶莹，适合观赏？

我的想象力变得无力。

身边的老师也说不出个所以然。

人类的欲望从苹果开始，人类的智慧从苹果开始。那么，人类最初的味觉，是不是也从苹果开始？记得儿子年幼时，我最先给他吃的辅食就是苹果。取一个小调羹，在苹果肉上慢慢刮出汁水，小嘴巴吧唧吧唧吮吸着，俨然吃到了人间美味。

这天，大巴车终于把我们载到了温宿某处苹果园。一路上尘土飞扬，阳光狂野。苹果园似乎笼罩在一层薄纱下。

只见一大片的苹果树上，挂着一个个风尘仆仆的苹果，仿佛也和我们一样赶了路。它们有的一群群聚在一起天南海北地聊着；有的单个傲立枝头，欲插上一对翅膀追上蝴蝶；有的羞红了半边脸，像听了荤话的姑娘家；有的大半个脸青涩涩的，分明是涉世不深的小丫头。

新疆的天气，一年四季难见雨星。这里海拔高，冬季冷，果实成熟期少有病虫害；这里年平均日照时间有2900小时，昼夜温差超过10℃。苹果长在天山脚下，吸收的是冰川雪融水和农家肥，根扎的是沙性土壤，不打药，不催熟，不套袋，所有的苹果都是"放养"。每年的10月25日之后，冰糖心就有了，摘下就可以吃。阿克苏冰糖心红富士，绝对独一无二。

听了介绍，我们纷纷钻进果园。

摘哪个呢？我像故事书里的小猴子一样犹豫起来。这个吧，它这么大，又长在边上，肯定吸收的阳光更多。还有这个，歪歪的，肯定是个乐观派，把嘴巴都笑得变形了。

突然，一个苹果砸到了我的头上。

瞬间,我觉得自己成了牛顿。我闭上眼,求老天赶紧送我一个世界难题,让我突破一下。

只听有人在喊:"青苹果咧。这是维纳斯。"

我捡起这个没有断臂却受了惊吓的维纳斯。它的身上,带着不少斑点。就这半棵树长了"维纳斯",它是嫁接的。

走到水龙头前,洗了那个长歪的苹果,准备和朋友分着吃。去掉灰尘的苹果显出了真面目,没有家乡人喜欢的红丝线,只见表皮有隐隐的黄,又带浅浅的绿,还有不纯正的红。但这些颜色合在一起,显得非常自然。也许,在这些苹果中,它属于丑的一类,但我觉得它丑出了独特的气质。

有老师等不及排队水洗,直接在裤子上一抹,就开吃了。

"冰糖心咧,真是冰糖心。"这群来自万里之外的老师,课堂上爱板起面孔装深沉,此时全成了小孩子,大呼小叫,神采飞扬。

"帮忙,帮忙。你切,我吃。"笑声里,有人把我的大苹果切开了。

我把果片迎向太阳,只见灰色的五角星的外围,布着十个角围成的星。在阳光下,它们明亮剔透,仿佛眨巴着眼睛。把它背向太阳,可以看到半透明的结晶。

嘎吱,我咬了一口。果皮仿佛隐匿了,果肉似乎学过唢呐,奏出脆亮的乐曲。美妙的谱子带着甜蜜的曲子,在唇齿间化开、奔涌。身上的每一个细胞都在喊:"好吃。"

其他人已经词穷。

我也只能一口接一口地吃。

突然,我听见老板在说,70 的多少元,80 的多少元,90 的多少元。咬苹果的动作暂停了。怎么,这里买苹果还看我们的年龄吗?这里,可没有 90 后。

只听老板说,你这个是 120 了。

原来,他说的是苹果的大小。

唉!这个冰糖心,把我诱惑得没智商了。

烤羊肉串

"烤羊肉——烤羊肉——没结过婚的羊娃子肉——"粗犷的吆喝声,在一股独特的香气里奔跑。那香气很复杂,有孜然的香,有辣椒的呛,有油烟的腻。

它们像个小精灵,想拉住行人的脚步。总有小孩子会在羊肉串的香气里走不动道,一买就是好几串,左右手举着羊肉串,一副将军凯旋的神气。小脑袋侧向左边,左手的羊肉串溜了一块;小脑袋歪向右边,右边的羊肉串少了一口。那根圆溜溜的竹签,随着小嘴巴划出一道道潇洒的弧线,仿佛舞者在临空律动,默契地配合,写出一个"八"字或者"人"字。身边所有的喧嚣,在小孩子这里都不见了,俨然是书法的留白。有声成了无声，有形成了无形。人来人往的街头，成了一个只有羊肉串的世界。

孩子的世界就是这样。

但我很少被征服。那呛喉咙的油烟，那街道上的粉尘，都使我清醒地意识到，此种食物，不卫生。

不卫生，吃一次又何妨？我们又不把它当饭吃。

友人说着，递过来两串。香味跟着两缕焦黄来到我手中。只见细细的竹签上，串着一小粒一小粒带着不少粉末的肉块，看上去和我的小拇指差不多宽。我咬一口，感觉像猪肉，只是它外焦内嫩，还撒了椒盐，用浓郁的香气盖住了肉的实质。

我对街头的美食，向来抱一份怀疑。我喜欢自己种养食材，或者买食材自己做，吃什么都更放心。

但生活不可能什么事都让我们亲力亲为。

新疆的羊肉串一直美名在外。两个月的时间里，我和羊肉串五次相遇。第一次是在离开阿克苏国家湿地公园后，大家看到一个叫"疆味居"的小店，就进去了。

自然点了羊肉串。一人一串，一串八元。肚皮渐圆，羊肉串未上。从门口望出去，羊肉串躺在架子上，在一团团的烟雾里，接受火的考验。肉食类不烤熟自然是不行的。我们唯有在说笑声里继续等待。

来了。只见粗大的铁签上是方方正正的肉块，精中有肥，看起来红里带白，一咬，油就冒出来，牙齿似乎唱着哧哧的歌。果然是羊肉，每一块都值得在口腔里多待一会儿。

不久，陶副指挥长带我们去塔村附近的塔格拉克牧场捡野生蘑菇。晚上在农家乐吃饭，依然有羊肉串，一人两串。还是粗大的铁签，还是方正的肉块，价格是十元一串。司机师傅的老家就在这个村，他说，这里的羊肉最好吃。因为这些羊都是吃天然草药的。我想起一路上看到的山坡上的羊，它们喝着天山雪水，吃着清风中的野草，觉得这个羊肉串更见美味了。不过，师傅话锋一转，说，有的农家乐为了多赚钱，羊是从别的地方买的。

第三次，是我的徒弟们非要请客。菜单上写着：红柳羊肉串，二十元一串。到底是饭店啊，这么贵。徒弟们要点，我制止了。我的徒弟们也不容易，吃饭尽量节约。不过，我很好奇，问："是红柳汁浇到羊肉串上了吗？"

新疆不缺土地，也不缺红柳。再贫瘠的滩涂、沙漠，红柳都能生长。

维吾尔族服务员笑了："是红柳枝当那根签，串起羊肉。"

就像烤羊排讲究烧果木，烤馕讲究炭火一样，原来羊肉串的那根签，也能提升身价。

帕克勒克草原第一次落雪的那天，陶副指挥长带我们去看雪。看完后，我们去吃了两个土火锅和两大盘羊肉串。这个羊肉串比以往的更大，似乎是做红烧肉时切肉的气势，肉是大块的，比两个大拇指并拢还要宽，有的还带着骨头，还能吃到大块的羊肝。

屋内是热气腾腾的火锅和大块的羊肉串，屋外是茫茫白雪。此时，才金秋十月。

离座时，看见墙上写着：羊肉串一串三十元。这一餐，光羊肉串就吃了九百元。好贵！

后来，我们支援的温宿县第三中学请我们吃晚餐。上了馕、烤包子、鸡蛋什么的，都是很容易饱的食物。最后上了羊肉串，一桌三大盘，也是铁签扎的。

大家吃饱了。这是羊肉串孤独的时刻，每盘都剩了不少。

据说，2014年丝绸之路国际食品展览交易会上，乌鲁木齐饮食服务行业协会专家委员会发布了新疆特色美食标准。大盘鸡要有皮带面，拌鸡肉的面条要有200克；一个馕的重量不少于200克；一块烤肉10克左右、2厘米大小。

我很想知道一串羊肉串的重量是多少，问了几个人，终不得答案。看来，我要继续用我的舌尖去探索了。

手抓饭

在我眼中，新疆维吾尔族人都有一种特别立体的美。

而吃饭，对于他们来说，是一件特别神圣的事情。

维吾尔族家庭吃饭时，请客人围坐在桌子旁，上面铺一块干净的餐巾。主人一手端盘，一手执壶，逐个让客人洗手，然后递上干净的毛巾让其擦干。主人端上手抓饭，放在餐巾上，请客人直接用手从盘中抓着吃。

我经常会"脑补"自己吃手抓饭的情景。我用手抓着饭吃，饭粘在手上，落在衣服上。我拿起纸来擦，却弄得一团糟。

其实，我经常用手抓菜的。比如吃鸡爪、啃猪蹄、剥龙虾，总觉得用筷子夹着吃不过瘾，非得直接用手才痛快。

可是，饭怎么可以和鸡爪、猪蹄这些相提并论呢？它那么小，那么黏，如何抓在手上？

没想到，我无意中吃了一餐新疆手抓饭。

那是我来新疆的第一周。我们的饭菜是厨师小邓打包好送上来的。有一次，我们吃完了饭，大家说，这个好像是新疆手抓饭。

我向小邓求证。小邓是四川人，来新疆多年了。她说确实是新疆手抓饭。

"可我们没有用手抓啊？"

小邓笑道："那是很早的吃法。现在很多维吾尔族人也不用手抓了。"

我仔细回忆，却想不起来具体吃了什么。只记得饭里有一块羊排，大大的，嚼起来香喷喷的。

第二次见到手抓饭是捡石头回来后吃午餐时。那是开车师傅选的维吾尔族餐馆。三人点了手抓饭。我点了羊肉汤面。等了很久，端上桌的是炒面，羊肉很肥，没法吃。手抓饭里的饭都是夹生的。只有师傅吃得很有味，吃了一盘，剩了点羊排，还要再添饭。他看其他人只吃了羊排，就说："很好吃，手抓饭的饭都是这样的。"夹生的饭，居然也能吃出滋味来，是不是太饿的缘故？我却目测只有那块羊排好吃。骨头上的肉挺有嚼劲。要我看，来这家吃手抓饭，直接说："来一份手抓饭，只要羊排,不要饭。"

以后,又吃到了几次手抓饭,再没有吃过夹生的饭。几人一份,我都是吃一调羹(在新疆,不能说勺子,要说调羹)手抓饭,再挑下一块羊排。羊排每次都很好吃。莫非手抓饭的烧法,特别适合烧羊排?

要做一份手抓饭,就像完成一件烦琐的工艺品。羊排洗净斩成块,锅中加适量凉水放入羊排和姜片,大火烧开后,一定要将浮沫撇干净,再加入酱油、盐、孜然粉,放入花椒和山楂料包,这些可以有效去除羊膻味。盖上锅盖煮上两个小时左右,待羊肉用筷子可以顺利戳出小洞,就可关火。

炒锅倒油烧热后,放入切成丝的皮牙子,煸炒变色后,加入切成粗丝的胡萝卜,翻炒两分钟盛出。再将羊肉放入电饭锅中,放入炒好的洋葱和胡萝卜,将泡了半小时的大米沥干平铺在最上层。将煮羊排的汤倒入电饭锅,以刚好没过所有材料为宜。盖上锅盖,执行正常的煮饭程序。

如此,一盘新疆手抓饭就登场了。在整个程序里,羊排占据了很重要的位置。它吸收了洋葱、胡萝卜、大米等的香味和营养,难怪比一般的羊排好吃多了。

手抓饭在维吾尔语里叫"坡罗",是新疆人特别推崇的美食,具有丰富的营养价值。相传在一千多年前,有位叫阿布艾里·依比西纳的医生,晚年身体虚弱,吃了许多药都无济于事。

后来,他研究了一种饭,加进各种营养食材,进行食疗。半月后,身体变得康健了。于是,大家都跟着吃起了这种饭。它就是新疆手抓饭。

新疆手抓饭,吃的是营养和美味,吃的是怀旧和传统。

新疆烤鱼

烤羊肉串、烤全羊、烤包子、烤鱼、烤鸽子……新疆的饮食文化，烤应该写在第一篇章。

烤字，火表意，像火苗溅出火星，表示用火来烤。考表声，本意指老，老则面黄形枯，和东西烤后的枯黄状相似。烤的意思之一是物体挨近火使它熟。新疆的烤鱼，直观地演绎了烤之意。

在内地，我吃过多次烤鱼。往往是端上来一个大托盘，上面是一片红辣椒，鱼片下方还有汤汁。总让我觉得烤鱼和红烧鱼是孪生兄弟。

新疆的烤鱼，那真是一场火热的作业。第一次见烤鱼，是在大巴扎上。新疆的大巴扎，有点像内地的集市。一个铁皮箍成的多边形的器具，远看像一口大缸，上面有几个空心的铁管。每条鱼都张开身子呈平面状，红柳的枝条从鱼的脊背穿过，然后一条条立在空心的铁管上。多边形的器具中间堆着炭火。它们有的成了白色的灰烬，有的成了黑色的炭块，更多的是一片火火的红。直挺挺的鱼，被摆成一圈。在火直接地烘烤下，鱼肉慢慢缩水变黄，空气里弥漫着一股独特的香味，有炭火的热香，有鱼的肉香。

吃到烤鱼是在刀郎。刀郎人打捞的鱼大多来自塔里木河。刀郎人是新疆最会做烤鱼、最会吃烤鱼的民族。他们擅长捕鱼，日常饮食多以鱼为主。他们身材这么好，舞姿这么美，也许就和多吃鱼有关。我问刀郎人做烤鱼的秘诀，他们笑着没有说话，只是指了指河流和红柳。

此时，有人拿着石头和锤子往地上打洞；有的把木头搬过来准备堆火；有的在捡胡杨枯枝；有的在削新鲜的红柳枝条。

我问朋友："鱼呢？"

"别急，鱼在卡盆（船）上。越新鲜越好吃。"

说话间，只听有人说鱼来了。十几条活蹦乱跳的大鱼出现在面前。刀郎人只吃大鱼，他们会把捕到的小鱼放回水里。

早有人上前，娴熟地剖鱼。一条鱼，眨眼间的工夫就剖洗完毕。用刀在鱼腹上轻轻划上几刀，然后左手拿鱼，右手拿起较粗的红柳枝，从鱼的脊梁穿过，直达头部，再用三根较细的枝条横穿，使整条鱼彻底撑开。再把粗的红柳枝插入事先打好的洞里。此时的鱼，成了一把打开的扇子，一片白里闪黑的帆，一只舒展翅膀的鸟儿。把鱼摆一圈，远看像一个热闹的会场。胡杨枯枝被点燃，烘烤模式正式开启。

新鲜的红柳枝在炭火的作用下，分泌出红柳汁液，它们慢慢渗入鱼肉，提升了鱼肉的鲜美度。

红柳是生命力最顽强的植物，戈壁、沙漠，随处可见。而胡杨作为炭火，也为鱼的鲜美加了分。

食物的味道和食物本身的品质息息相关，也和烹饪时用的容器、烹饪方式等相关。我们用煤气灶烧的菜，就是比不上用馕灶和柴火烧制的菜。这是同样的道理。

在烘烤的过程中，要给鱼翻面。一面烤一会儿，要转一下烤另一面。如此反复翻烤，鱼便泛出金黄的颜色。将鱼放平，撒上用洋葱、番茄、辣椒、孜然以及少量盐调制的调味料。稍稍再烤上几分钟，撒上白芝麻，烤鱼就成了。

接过一条烤鱼，像拿起一轮热烈的朝霞。金黄色的鱼腹上像写着两列"一"字，落嘴之处，白黄相间，一口咬下去，有脆脆的香，亦有软软的香，更有各种滋味热烈的缠绵。"口齿生香"这个词，也许就是从刀郎的烤鱼里起源的。

此时，刀郎的小伙子和姑娘们唱起了悠扬的刀郎木卡姆，跳起奔放的麦西热甫，让我手上的烤鱼也不知不觉地舞动起来。

吃完烤鸽，嘬一下手指

吃过汤鸽、卤鸽、烤鸽，让我念念不忘的，还是烤鸽。

把鸽子去毛后，放在火上快速移动，烫去细毛。去掉爪子、头部和内脏。把鸽子放入用鸡蛋、淀粉等配制好的秘制调料里，浸泡上一段时间，等待香香的味道钻进鸽子体内。

烤鸽子的炭火有讲究。往往是杏树、桑树等果木的木炭。这样的炭火本身带着香气，在烘烤的过程中，果木的香气会慢慢渗透到鸽肉中。

在烤制的过程中，要不时翻动烤架上的鸽子，还要选择合适的时机，添加盐、胡椒、孜然等调味品。

经过果木炭火的烤制，带着果木香气的烤鸽，外表变成红褐色，噗噗地渗出油，把四周的空气都染成了垂涎欲滴的模样。

都说念念不忘，必有回响。浙江省援疆指挥部和阿克苏地区教育局主办的浙阿基础教育大教研联盟活动结束后，我们离开新和饭店，去了别的地方就餐。这里的招牌是陈氏卤鸽。据说这家店在新和当地已经开了三十七年。

这家店的命名自有特点，男洗手间写着官人，画着一个穿着官服、戴着官帽的男人；女洗手间写着娘子，画着一个大眼睛、高发髻的女人，她穿着汉服，抱着琵琶。我们吃饭的包间叫欧阳家。

"隔壁是谁？老王家吗？"

早有人起身查看。"司徒家。"

嬉笑间，服务员裹挟着一身烤制的香气进来了。

"烤鸽，好香啊。"一群女老师，没有一点点矜持，对美食的表白，是直抒胸臆型的。香气是食物的灵魂。烤鸽的香气是浑圆的，带着油味儿。它像个小霸王，到处横冲直撞，把一屋子的鼻孔都撞大了。

服务员放下盘子，将一沓一次性手套放在边上。

她是想让我们做一个文雅的娘子吧。可我做不了。每块鸽肉不是鸽身带翅膀，就是鸽身带腿，那诱人的色彩和香味，早就让我缴械了。我直接拿过一块就咬。外皮酥脆，鸽肉细腻，野味十足。本想在这群才认识的援疆教师面前装点斯文，一块鸽肉就轻轻松松揭了我的老底。

  一块烤鸽下肚,仿佛通体舒坦起来,后面上什么菜已经不再重要了。戴了手套吃烤鸽的,却看着手套发呆,是在埋怨手套抢了这份香气和质感吗?我左侧的女老师更火辣,她直接嘬了一下手指,说:"吃完烤鸽,不嘬手指,就不是标准的老饕。"

  一个动作,一句话,把众人都说得笑了起来。大家边笑边喊:"老板,再来一盘!我们是欧阳家的——娘子!"

185和新2

"你喜欢185还是新2？"

"都喜欢。请问，他们是谁？"朋友听到我的回答，笑弯了腰。

我这才知道，它们有个共同的名字，叫核桃。

在我的记忆里，核桃是最补的。亲戚生孩子了，母亲就托人去买核桃。后来，我坐月子，母亲一下子买了好多核桃，把它们一一用榔头砸开，把核桃仁用擀面杖碾碎，再炒熟。核桃仁和鸡蛋、黄酒一起烧，远远地就能闻到勾人的香味。我每次都能吃下一碗。

20年过去，我在新疆见到了核桃树。开始是阿克苏国家湿地公园的一棵，后来是金华新村的一片，再后来是一大片一大片。

来到新疆的第三天，我收到了青皮核桃。香梨大小，硬邦邦的，一时奈何不得。待到它外皮变软，剥开，里面是土鸡蛋大小的核桃，白色的小丝在黄褐色的核桃壳上歪歪扭扭，纵横来去，像老树的根须，又像一条条通往家乡的小径。剥开核桃，咬一口白色的核桃肉，就像吃一口新鲜的花生米，脆脆甜甜。

在金华新村，我又见到了核桃树上的青皮核桃。它们已经裂开了，有的干脆滚在地上。我用手轻轻一抠，核桃就出来了。

此后，核桃树就成片成片地闯入视野。这么多的树，这么多的核桃，怎么采摘啊？新疆百姓自有办法。这两年，他们开着机器，套住核桃树，用床单一样的四个角罩住下方，哗啦哗啦一摇，核桃纷纷落在设定好的容器里。经过这么一使劲，青皮也全部掉落了。以前则叫打核桃，拿竹竿把核桃打落在地，再猫腰捡起。被打过、摇过的核桃树，掉落了不少叶子，枝条也损兵折将。这番折腾不但伤害不了核桃树，反而促使它发愤图强，来年献出更多的核桃。

关于核桃树还有一个传说。当年玄奘西天取经，途经新疆的沙漠，又饥又渴又遇狂风，就昏了过去。醒来时发现前方有一棵大树，鸡蛋大的果实挂满枝头，风一吹，果实里掉出金黄色的果子。他就捡起果子，每天三颗，走出了沙漠。玄奘把剩下的三颗果子留在了新疆。人们把它种下，它们慢慢地成了核桃林，成了新疆特色。

所有的核桃，看起来都是一个长相，坚硬的外壳，凹凹凸凸的果肉，吃起来自带"咯咯咯"的伴奏。其实，核桃也有差异。新疆温宿的核桃，味道是最好的。植物的成长，离不开所处的环境，比如阳光、土壤等。而温宿具有得天独厚的条件。温宿位于天山山脉最高峰托木尔峰脚下，有托木尔苏、琼台兰等主要冰川14条，非常有利于核桃的生长。非常荣幸，我们在温宿，将度过一年半的时光。

俗话说："桃三杏四梨五年，要吃核桃得九年。"但温宿的核桃，经过技术改良后，在下种的隔年就能收获又大又香的特色核桃。温宿的核桃主要有两个品种。185就是我们爱称呼的纸皮核桃。维吾尔族人叫它"克克依"，就是指壳薄。无须用任何工具，只需轻轻一捏，壳就应声而开，比童话里的密语"芝麻开门"还灵验。从外形上看，185果脊上的凹凸感更明显，显出粗糙的质感。新2的壳比较硬，但男人们把它们放在掌心两两相压，就能成功破开一个。它外表光滑，果仁发黄，有着更好的口感。温宿的百姓更喜欢吃新鲜的新2。

核桃除了果仁可以吃，夹在其间的翅膀一样的小东西也可以食用，它叫"分心木"。在新疆的我，每天早上的功课是先喝一杯水，再捏开三个核桃，吃掉果仁，把核桃的分心木放进杯子里，泡上一杯开水。

在新疆，买东西论千克，路程论千米。你问：怎么卖？维吾尔族老板用生硬的汉语配着手势答：28元。你以为是一斤，买完却发现那么多、那么重，感觉自己赚到了。新疆的百姓真善良啊。你恨不得为他们献上一首歌。

九月和十月是吃核桃的最佳时节。我买了一些温宿的185寄回家乡，就像青皮核桃内的白色小丝，找到了通往思念的路途。

万里声名
进学校

第三辑

《荆棘鸟》中,麦琪对拉尔夫神父说:"我知道,我也了解……我们每个人身上都有摒弃不了的东西,即使它会使我们高叫着死去。"这种摒弃不了的东西,在我看来便是爱,对教育一以贯之的爱。

每天都有新的风

新疆秋天的早晨,风长着酷酷的面孔。

我和往常一样平静地吃早饭,平静地去上班。作为一名成熟的天秤座女人,喜悦不一定要挂上眉头的。

一小时前,他留言:亲爱的,生日快乐。然后是一笔转账金额,以及文字备注:秋,我爱你。我收下这笔大钱,就像收下他日日夜夜的牵挂。

来新疆一个多月了,他说好像已经过去几年了。每个人都觉得我是勇士,有披荆斩棘的力量,却不知道,在家乡的他,也许比我更不容易。

昨天,徒弟青青送了我一支美工笔,她说大家找我签名的时候能用上。在新疆,参加所有会议都要统一穿正装:白衬衫,黑裤子。我没有白衬衫。这是开学初的事。青青说她家离我们住的温宿四中很近,她去买了送过来。谁知她路上就花了一个多小时,更不用说去找店挑选了。

几分钟前,徒弟艳艳送过来一朵完整的棉花,我把它插在花瓶里。

过了一会儿,两个小脑袋从门口探进来,用生硬的普通话问:"老师,你要拖地吗?"两人拖了地,把垃圾带走了。过了一分钟,又来了:"老师,要擦桌子吗?"二人擦了桌子擦椅子,擦了椅子擦窗户,那动作,整得像专业的保洁人员似的。我以为他们是我的学生,一问并不是。我让他们在我的本子上留下名字。他们一个叫依木然·图尔荪,一个叫卖尔旦·吐尔地。两人还很认真地问我叫什么名字。

我的这间办公室,是我们这群老师里独一无二的单人办公室。国庆节,温宿县第三中学给学校地面刷上了油漆,那气味熏得我眼睛像吃了洋葱,脸不仅过敏红得像喝了酒,还发痒。校长特意为我去配了钥匙,让我搬到了这间心理咨询室。咨询室的地面很清爽,房间里摆着布艺沙发、皮沙发,还有几盆水培植物,和以前的环境完全不同。

我刚来新疆时,有些不大适应,头发掉得厉害,晚上睡不好。但我得到的关心可比别人多。艾合麦提·艾合太木校长专门送过来两大箱桃子，李娜副校长特意送给我刚摘的苹果。经常有不认识的学生见到我，停下来问："你就是大名鼎鼎的王秋珍老师吗？"他们的眼睛又大又圆，真可爱。

我挤出时间去了温宿县图书馆。图书馆很大，还有一大截宽宽的木楼梯是用来脱了鞋或休憩或阅读时坐的。来到新疆，我想给自己开启全新的模式，学一点儿东西：学写毛笔字，学画中国画。因此，我挑选了三本书。一本《曹全碑》，一本《写意国画技法》，一本《汉字书写之美》。

借书要用身份证或医保卡，办理借书卡。也不用交押金，借期一个月。没有想到的是，我递过三本书刷卡，美丽的女管理员说："这本字帖就不用借了，送你吧。"

什么，还有这样的惊喜？我正担心一个月还不了呢。

只听管理员说："我们这座图书馆还是你们浙江援建的呢。"

身为浙江人，我真幸福。

回学校的路上，风和以前一样吹着，我却感觉此时的风和以前不一样了。说不定，每一阵风里都藏着一个好消息呢。

寒风中的少年

才上了几堂课,我就发现教室里有一双特别的眼睛。

这里的孩子个个都长得好看,五官立体,眼睛又圆又深。他的眼睛像一汪湖水,清亮亮的,却不时地冒出一尾鲶鱼,尾巴一甩,沉入湖底。

他瘦弱的身板,就像一株冬天的红柳。

红柳,也叫怪柳,新疆的戈壁滩和沙漠,随处可见。一到冬天,落尽叶子的红柳,裸露着筋骨,劲峭而执拗。

这天,我刚下大巴车,就看见了他的身影。我叫道:"阿卜什么,老师这有馒头。还热着呢。"

维吾尔族的学生名字都很长,前面是自己的名字,后面是父亲的名字，我总是记不住。

我拿出包里的早餐递给他，他接过就走了。

回到办公室，我赶紧拿出名单，记下他的名字：阿卜都萨拉木·麦麦提。

第二天早上，我一到办公室，他就来了。我经常和学生讲："欢迎同学们来阿秋老师的办公室，有什么事情尽管找我。"我的办公室只有我一人，这里原本是心理咨询室，有大红色和海蓝色的布艺椅子、玻璃圆桌子，有黑色的皮沙发，还有芦荟、看青、绿萝等绿色植物。

"阿卜都萨拉木，坐。"

他站在我身边，问："摸摸带了吗？"

我看着桌子上的墨，说："你要用墨写毛笔字吗？"

我援疆的学校是温宿县第三中学。我们这个学校属于民族学校，学生全部是维吾尔族，他们接触汉语才三年，父母都不会说汉语。没有学习的环境和基础，他们学得特别艰难，语文成绩平均才三十几分。

他摇摇头，比画道："是那个吃的'摸摸'。"

我终于明白了，他说的是馍馍。维吾尔族学生的汉语发音，总是把仄声念成平声，阳平念成阴平，一个字一个字慢慢地说，好像在费力思考。

"哦，馒头啊。我没带。"

他转过身，走了。

此后，我总是提醒自己要带馒头。

我以为，他吃了我带的馒头，多少会有所改变。然而课堂上，他对我还是一副爱搭不理的样子。"阿卜都萨拉木。你来回答。"同学们笑了，说："阿秋老师，阿卜都萨拉木有两个。"

我一看名单，阿卜都萨拉木·艾麦尔，阿卜都萨拉木·麦麦提。

瞧我这记性。我的徒弟早就告诉过我，这里的孩子名字虽然长，还是有不少重名的。

在班级名单里，女生的名字往往带"古丽"，男生的名字往往带"麦麦提"。在维吾尔语里，"古丽"指花朵；"麦麦提"指伊斯兰教的先知穆罕默德。

如果有重名，我们就要把间隔号前后都念完整。

"阿卜都萨拉木·麦麦提。"我又叫了一遍。

他玩着一把玫红色的铅笔刀，好像没听见。

次日，他再来办公室拿馒头的时候，我说："假如你上课不认真，你觉得老师应该管你，还是不应该管你？"

这样的问题自然不难回答，所有的学生都会说："谢谢老师管我。我以后会认真的。"

他歪着头，湖水一样的眼眸里，鲶鱼的尾巴一扫，说："不应该管。"

这回答"横空出世",把我惊呆了。我一时不知该如何继续。

只听他说:"阿秋老师,其他老师都不叫我全名。你还是叫我阿卜都萨拉木吧。"

也许,他习惯了被忽视。可他,分明是那么自我的一个人。眼里,似乎只有自己。一次,我走得匆忙,来不及吃早饭,当然也没有带馒头。他的语气里,居然有责怪:"我没吃早饭呢。"

"我也没吃早饭呀。"我说。

他并不关心我的情况,反而说:"老师,我的鞋子烂了。"

我突然有些生气,说:"需要我买一双吗?"

他听不出我的不悦,说:"需要需要。那这个周末我们去买。"

我本想拒绝的,但看了看他清澈的眼眸,还是同意了。

我马上为此后悔了。他说:"我要买乔丹鞋。少于300元的,我不要。"

我突然怨起自己来。教育不是万能的。我是想当神吗?可神也有无力的时候啊!

一个手心向上、一味索取的孩子,我的不拒绝,就是对他的纵容。

我怔住了,拉了拉自己的衣服问:"阿卜都萨拉木,你猜,这件衣服多少钱?"

"400元? 500元?"

"50元。老师穿着照样大方有气质,对不对?前几天我穿的那款连衣裙,还是 20 多年前的呢。"

我的衣柜里,有不少多年前的衣服。我依然和当初一样喜欢。一来我可以少一笔支出,少一些闲逛的时间,二来旧衣服和老朋友一样,更贴心。

"我不一样。"

"你有什么不一样?"

他沉默了一会儿,突然说:"不买就算了!"

此时,我真想转身就走,让我的背影告诉他,老师很不高兴!

可我的教养按住了我的情绪。我说:"老师没说不买。你追求名牌也许没有错。但我觉得如果一个人里外都很帅,不穿名牌也自带光芒。"

他看了看我,轻轻地点了点头。

我还是给他买了乔丹运动鞋。我以为他会高兴得大喊一声,像电影里拍的那样。他拎着新鞋子,默默地走着。走过挂满爬山虎的一溜台阶时,我招呼他坐一会儿。

此时,阳光照在红色的爬山虎上,美得像油画。

"好美。"我说,"你妈爱养什么花?"

"我妈不养花。"

"养羊吗?新疆的羊品种很多,你家养的是什么羊?"我很感兴趣。我的家乡几乎看不到羊。

"我家没有羊。乡下的奶奶养羊。"

"那什么时候让你爸爸带老师去乡下看羊？"

"我没有爸爸。"他的语气硬硬的，像冬天的风。停了一会儿，他像下了很大的决心似的，说，"他进去了。"

此时，我明白了他为什么不喜欢听到别人叫他完整的名字。那是因为他不愿听到爸爸的名字。他的爸爸在收押，一个月可以探视一次，可他不愿意去。

爸爸给他带来了耻辱感。小小少年，站在凛凛寒风中。他的心，已过早地装下了人间的苦痛。

我轻声说："这是你的秘密。我也要告诉你一个秘密。"

"小时候，邻居家小院里，有一株牡丹，据说是用鱼汤喂养的。它开得又大又红，好看得不得了。我想去摘，又怕被人发现。有一天晚上，我偷偷去摘了一朵，却不敢声张，既怕被邻居发现，又怕被爸爸妈妈发现，只好把花藏在床底下。这朵美丽的牡丹，就这样被我毁了。这是我的秘密，可不要告诉别人啊。"我认真地说。他认真地点了点头。

此后，他照样无法集中精力听课。但他偶尔也会做笔记了。写维语都是从右到左，维吾尔族学生写汉语时习惯将本子倾斜九十度。他写字的姿势，让人看着就累。

上课时，他依然爱玩那把玫红色的铅笔刀。有时，他自顾自地在那儿割纸，有时在划橡皮。

一次，他来拿馒头时，我说："老师裁宣纸需要一把铅笔刀，你可以帮忙吗？"他当即跑回教室拿来了铅笔刀。

上课前，我对同学们说："阿卜都萨拉木把他最爱的铅笔刀送给了我，老师再也不会把宣纸撕成锯齿形了。有爱的孩子最帅。"我看到他的嘴角微微地掀起一个弧度，想笑，又没有笑。

某次默写诗歌，他事先偷偷地把诗抄在了小纸条上，得了满分。

我当作没看见。当时全班有6个人满分，我一一作了表扬。我表扬学生有个特点，被叫到名字的学生起立，接受全班同学的掌声。

他站起来。眼神里的鲶鱼又甩了一下尾巴。他是在为自己的作弊得意，还是内疚呢？

我说："明天我要请阿卜都萨拉木上黑板前默写，给大家做示范。同学们一定要记住，努力这个词很平凡，但努力会让我们的人生不平凡。我们要向阿卜都萨拉木学习。"

第二天，他斜着手臂，一笔一画艰难地默完了全诗。只错了一个字。我知道，他昨晚一定读了很多遍。

这样的表现，对他来说已经是突破了。

我问他有没有信心考出平均分。他摇摇头。

两周后的一天，他在课间下台阶时，被人一推，额头上磕出了一个口子。班主任当即就和他妈妈联系，我们一起去了最近的卫生院。

等他缝了几针，包扎好了，他的妈妈还是没有来。班里事务多，我让班主任先走了，我留下来等他妈妈。

20：00了，天空披上了黑色的大衣。新疆的夜比内地晚来两个多小时。我出去买了他喜欢吃的皮带面，还有两根羊肉串。

"老师一起吃。"

"我不饿。你慢慢吃。"他第一次关心起我。看着他吃，我突然有了一种欣慰的感觉。

22：30，他妈妈终于来了。他和妈妈用维吾尔语说着，我一个字符也听不懂。

我只能挤出笑容，冲他妈妈笑笑。

我离开的时候，背后传来一个声音："谢谢阿秋老师。"

后来，我发现他的脸变黑了，瘦弱的身板仿佛变壮了一些。他悄悄告诉我，这段时间，他周末就去奶奶家，看羊在戈壁滩上吃草，自己坐在石头上看白云，有时还背背诗。

"那羊长什么样？"

"那羊是巴什拜羊，是绵羊，毛很长，角很弯。"

"你以前不是不喜欢羊吗？"

"可阿秋老师喜欢啊。"他侧过头，看着我，"老师什么时候来看羊？"

"什么时候呢？等你语文考60分的时候吧！"

"60分？上次古丽孜巴考了60分，那是年级第一呀！"他叫了起来。

此后，他的眼神更加清澈了。那条不安分的鲶鱼似乎睡着了。

期末考试，他的语文考了40分，超过了班级平均分。以前，他可是考个位数的。

我真心地为他高兴。他笔直地站着，接受着全班同学的掌声。

我听见他小声地说："什么时候能让老师去看羊呢？"

这个寒风中的少年，终于把自己站成了一株真正的红柳。

偷个妈妈当妈妈

我想"偷"一本书已经很久了。

它就放在我们办公室一位同事的桌上。每天,我都能看见它。那天蓝色的封面要多好看就有多好看。可是,它寂寞地待在桌子上,似乎从来没人去翻一翻。

有一次,我看见同事拿起了它。我正暗暗为它高兴,却看见我的这位漂亮的女同事,只是用书扫了扫椅子上的灰尘。别的同事走过来走过去,总是低着头忙忙碌碌。那个叫手机的玩意成了大家的最爱。谁会来留意一本书呢?

慢慢地,我看见灰尘把书的封面由蓝色变成了灰色。我还看见有好几次,漂亮的女同事把刚盛了水的杯子搁在它的上面。书的封面上留下了一个圆圈，还带着褶皱，好像一个可怜的孩子歪着嘴巴在哭泣。

我只想把它"偷"回家。

可是，一想到偷，我的心就像要跳出胸膛。从小，爸爸就教育我，别人的东西不能拿，偷大偷小都是贼。因此，我一天天地看着它，看着办公室里来来往往的同事，却一直不敢给自己创造一个机会。

可机会还是来了。

……

我用自己写的小小说《想偷一本书》，请学生猜读，旨在让学生理解如何在一篇文章里设置悬念。

我问同学们："我终于偷回了一本书，接下来故事会怎么发展呢？"

苏比努尔·阿布都克热木说："老师，你偷到书以后很害怕，又把书偷偷放回去了。"

迪力夏提·肉孜说："阿秋老师偷书被人发现了，大家就在背后议论这件事情。"

古丽加马力·库尔班没有举手。在我的课堂上，举手的同学很多，我总是让大家争当高手。我说"高手"有两层意思：一是把手举得高高的，二是优秀的人。

古丽加马力·库尔班的手总是伏在桌子上，无精打采的。她慢悠悠地站起来，下唇含着上唇，往上吹了一口气，刘海随即飞舞起来。"既然女同事不珍惜书，这本书理应属于珍惜它的人。阿秋老师根本不用害怕什么。"

我读了几段后面的内容，同学们恍然大悟。

我洗净双手，拿出偷来的书一页一页地翻起来。看着它们，我仿佛走进了老时光。我看到了自己在养花种菜，在夕阳下徜徉，在厨房的油烟里战斗……是的，这是我写的书。每一个字，都像一朵芬芳的花，让我驻足，流连。

出版社只给了我50本样书。我舍不得卖，只想把书送给爱书的人。当初，漂亮的女同事听说我出书了，就第一时间向我祝贺并要书。没想到，她要的只是一份客套。

我说："这是小小说，文中的'我'不是阿秋老师。这篇小小说旨在呼吁大家珍惜书籍，这和古丽加马力·库尔班的想法非常一致。珍惜，一个多么美好、多么可贵的词。我们应该为她鼓掌。"

古丽加马力·库尔班又往刘海吹了一口气，一副满不在乎的样子。

一段时间后，我知道了古丽加马力·库尔班的家庭状况，对她有了一些怜惜。古丽加马力·库尔班的妈妈在她五岁时就因病去世了。

我的爸爸饱尝了没有妈妈的痛苦。他两岁就没了妈，冬天他还穿着单裤，渴了，他喝的是生水。我爸常常感慨，当官的爹，不如讨饭的娘。

"没妈的孩子像根草。古丽加马力·库尔班太可怜了。我真希望她能有个疼她的妈妈。"

"不是你想的那样，"数学老师听了我的感慨说，"她自己不要妈妈，把妈妈都赶走了。"

在她读小学二年级时，她爸带回一个女朋友。古丽加马力·库尔班情绪很激动，扯着喉咙叫："要么我走！要么她走！"

后来，爸爸做她的思想工作，试着带她和女友相处，没有一个能通过她的"考试"。

十月的一天，我的微信通讯录上出现了新的朋友，备注上写着：古丽加马力·库尔班的妈妈。

她有妈妈了？

我很快通过了她妈妈的好友申请。

原来，她爸爸得了甲亢。甲亢患者不能生气，不能吃辛辣刺激性的食物和油炸食品，不能吃含碘高的食物，她爸爸需要有人照顾。古丽加马力·库尔班因此妥协了。但她还是不愿意真正接受新妈妈。

我决定找她谈谈。

"妈妈对你好吗?"

"我没有妈妈。"

"你失去了亲生妈妈,但还有愿意照顾你的妈妈。"

"她是照顾我爸爸,是爸爸需要照顾。"她的下唇含着上唇,往上吹了一口气,刘海随即舞动。

"你是爸爸的女儿,你也有照顾爸爸的责任。"

她愣了一下,说:"我是孩子,我要读书。"

"你有读书的样子吗?你用了多少力气来读书?"我想反问她,终是没有说。

初中的孩子正值叛逆期。像她这样的,叛逆的力度自然会更大一些。

这以后,和我联系的,都是这位妈妈。她和我约好,每个星期三的十二点,她送奶茶到校门口。她反复叮嘱:"不要说是我送的。否则,孩子不会喝。"

十二点到十二点半,是大课间,一般人无法进入校园。

古丽加马力·库尔班接过温热的奶茶,把粗大的吸管一插,"呼"的吸了一口,再一口,眼神里星光一闪:"阿秋老师,你怎么知道我爱喝奶茶?马奶子好甜,珍珠好糯,奶茶好香。"

"老师会掐指算啊。你这么瘦,喝珍珠奶茶会变得更好看啊。"我摸了摸她的刘海。

自从喝了马奶子珍珠奶茶,她对我的态度明显变了。话也多了起来,人前人后,都会主动喊我阿秋老师。只是学习还是不努力,像一个拉着小车上坡的人,嫌累不肯走,你推一下,她走一小段。她就是不明白,如果不使劲走,会连人带车滑下坡。

一次,在古丽加马力·库尔班又一次喝了马奶子珍珠奶茶后,我问她:"为什么觉得妈妈不好?"

她的大眼睛一动不动地看着我,好像我的问题很幼稚:"所有的后妈都不是好妈妈,不是吗?"

我沉默了。如果一种固有的思想像树根一样扎入泥土,那是很难拔出来的。许久,我拿出我的手机,说:"为了你,阿秋老师和你妈妈都下载了'智能翻译官'。你看,我们聊的都是你。"

维吾尔族家长不懂普通话,我不懂维吾尔语,我们只能通过特别的途径交流。班上几乎没有家长会找老师聊孩子的学习,他们整天为生计奔波,早出晚归。遇上需要收核桃、收棉花的时节,还会直接叫孩子回家干活,一干就是一周。

我点开她妈妈说的话给她看:

"老师,古丽加马力·库尔班是个好娃娃,从小没妈疼,怪让人心疼的。我儿子读大学了,不用我操心,我现在的心思都在这个女儿身上。"

在新疆，娃娃是家长或老师对孩子的昵称。

我问："古丽加马力·库尔班说奶茶很好喝，您在哪里买的？"

她妈妈回答："外面买的可能会加防腐剂，我不放心。珍珠是我用木薯粉、玉米粉加红糖做的，娃娃吃了还能补气血。老师，千万别告诉她。只要娃娃喜欢，怎么都行。"

突然，古丽加马力·库尔班转过身跑下楼梯，跑到一棵枫树下，哭了起来。她哭得很大声，好像忘了我的存在，忘了这里是校园。

一个月后，班里为当月生日的孩子集体过生日。我特意选了古丽加马力·库尔班生日的这天。我请来她的妈妈，给大家弹民族乐器都塔尔，一起唱生日歌。孩子们把心愿都写在了粉红色的纸条上，塞进大红色的气球里。我看见古丽加马力·库尔班把气球吹得特别大，她的两颊鼓鼓的，红红的，好像两朵醉倒在湖里的云。

大家把气球扔到场地中间。我和数学老师一人选出一个气球，作为这次集体生日活动的"幸运王"。幸运王可以当场读出心愿，并收到老师亲手做的一只幸运蛙。

我有意选了古丽加马力·库尔班的气球。

在同学们羡慕的目光里，古丽加马力·库尔班念道："看到别人有妈妈，我很嫉妒，特别想偷个亲妈妈当妈妈。其实我根本不记得亲妈妈是什么样子。现在，妈妈真的来了。我要珍惜。我希望我也能考上大学，像哥哥一样。"

珍惜，一个多么美好的词。它迟到了，却美得像一个巨大的悬念。

这次，古丽加马力·库尔班没有哭，也没有吹刘海，她的眼神柔软得像奶茶。她妈妈上前抱住了她，泪水像珍珠一样滚落在她的肩膀上。我分明看见，古丽加马力·库尔班用右手抚摸着妈妈的背，好像在说："妈妈，对不起。"

这是古丽加马力·库尔班的生日，也是她重生的日子。

麦麦提到底姓什么

我接触的第一个维吾尔族名字，是祖丽皮耶·麦麦提。

她是饭店的服务员。我问了几个问题，她有些听不明白，只是羞涩地笑着。

我看到班级名单上"姓名"两个字下方，都是带间隔号的名字，长的十几个字，短的五六个字。它们的组合似乎没有任何规律，"古丽"和"麦麦提"出现的频率比较高。从姓名上根本看不出性别。

那么，哪个是姓呢？有的麦麦提在间隔号前面，有的在后面。麦麦提·阿布都克热木，是姓麦麦提，还是姓阿布都克热木？

同办公室的阿扎提古力·吐热克是个热心的人。我的椅子找不到了,她主动帮我去找。有什么好吃的,她都会分享给我。于是,我大胆地问了她的名字,还添加了她的微信。

"这么长的名字,记不住怎么办?"

"没关系,就叫我阿老师吧!"

"哦!大家都这么叫吗?"

"不是。怕你辛苦啊!"

"那您姓吐热克吗?"

"不,那是我爸爸的名字。"阿扎提古力·吐热克老师睫毛长长的,皮肤白白的,说话的声音像泉水叮咚。

原来,维吾尔族的人名前半部分是自己的名字,后半部分是父亲的名字。维吾尔族先后信仰过很多宗教,皈依伊斯兰教后,在相当长的一段时间内,从《古兰经》里选择先贤的名字来为新生儿命名。父母都希望自己的孩子有出息,像先贤一样熠熠发光,因此同名的人非常多。在孩子的名字中加入父亲的名字,就成了有效的解决方式。

听阿扎提古力·吐热克老师介绍,"古丽"在维吾尔语里指花朵;"迪丽热巴"指美丽的姑娘;"麦麦提"和"买买提",都是指穆罕默德,他是伊斯兰教的先知。

"那您怎么叫古力呢?"

"我本来是古丽,办身份证时被写错了。"

仿佛一团乌云被阳光拨开。我终于明白，为什么新疆有那么多的"买买提"和"古丽"了。

上课时，我不喜欢用"你"或"这位""那位"来代替名字。我们的名字，是最独特、最美丽的字符，是父母爱的凝聚，是上天赐予我们的厚礼。因此，即使我记不住名字，也喜欢叫他们的名字。当我念学生名字的时候，总会暗想：这个又有什么美好的意义呢？他们的父母用维吾尔语念起来，是不是更有音乐的美感？

我叫："艾力扎提。"

"老师，不止一个，还要往下念。"

于是，又念："阿不都热扎克。"

当维吾尔族人的父亲真心不容易，经常要被老师在课堂上点名。如果说，有人在背后叫了其名字，耳朵会发热的话，我们的维吾尔族父亲，可能会经常开启"耳朵燃烧"模式。

听说有的班级，同名的学生竟然有三个。孩子名字一样，父亲的名字也一样，也实属难得。可见，维吾尔族父母和我们的父母一样，总喜欢把最好听、最有意义的名字送给孩子。

改了作文后，我拿出名单登记分数。突然发现自己犯了傻，为什么不让孩子写个学号呢？名字的排列毫无规律，看起来都长得差不多的面孔，我该花多少时间来找？阿人都萨拉木，我先找"阿"，再找"人"，几回下来，无果。于是找间隔号后面父亲的名字"吐尔逊",找到了。原来,粗心的孩子把自己的名字写错了,"不"写成了"人"。这群孩子,2018年才接触汉语,写自己的汉语名字,对他们来说是一种挑战。

而我,要记住他们美丽的名字,也是一种挑战。

我的诗歌探索课

特别想为新疆的孩子们做点什么。

在家乡，我带领学生们在全国各地的报刊上发表作文，一年能达到300多篇。我曾用九个月的时间，让两个班100多名学生，人人享受在报刊上发表作文的喜悦。怎样让新疆的维吾尔族学生也享受到这份欢喜呢？我决定从诗歌入手。温宿县第三中学的孩子们在我的引领下，成功发表了诗歌。这次受温宿县第六中学桑书记的邀请，我来到他们学校的六（2）班上诗歌课。上课前，我向班主任要了名单。我想如果没有学生举手发言，我就念名字。

我先问孩子们："当老师上课需要大家发言时，你该怎么做?"同学们说:"举手。"

我说:"我们要当高手。高手是一个有趣的词。它有两个意思,一是把手举高,二是指能干的人。"然后,我向孩子们用特殊的方式介绍了自己,用的是诗歌的分行。

> 同学们好,我叫王秋珍。
> 大家可以叫我阿秋老师。
> 我来自万里之外的浙江东阳,
> 那里有木雕、有竹编,有横店影视城,
> 更有东阳瓦罐鸡、东阳索面、东阳烤豆腐,
> 还有想念我的亲人和朋友。
> 想念我的一群鸡、一只猫以及院子里的栀子花、樱桃和石榴。

没有一个孩子不爱听故事。我用故事引出上课内容:

熙熙攘攘的法国巴黎街头,一位衣衫褴褛的老人在寒风中乞讨。他的身边立着一块木牌,上面写着:"自幼失明。"人来人往,但大家似乎都没看到这位可怜的老人。

诗人让·彼浩勒路过此地,他悄悄在老人身边的木牌上写道:"春天来了,可我什么也看不见。"温暖的一幕发生了。大家纷纷停下脚步,给老人提供经济上的帮助。

这就是诗歌的力量。

诗歌是世界上最美的花朵，被称为"文学之母""语言的钻石"。

诗歌的语言，是灵动而独特的语言。比如同学们说，我有时高兴，有时不高兴，这是一般的语言。如果你说，我想变成一棵树，高兴时开花，不高兴时落叶。这就是诗歌的语言。

诗歌往往通过意象来表达自己的情感。意象就是我们要借助的载体，可以是景，可以是物，可以是人，也可以是事。意象的加入，可以让看不见摸不着的情感变成日常生活中的事物，更能把我们的情绪形象地带入其中。比如刚才的例子，我们的不高兴借助树的叶子落下来表达，树就是诗歌的意象。

此时，同学们的情绪已经起来了。我用自己写的三首诗，让大家感悟，引出诗歌的形式美、情感美、画面美和想象美，然后用他们的同龄人也是我的学生的两首诗，继续拉近诗歌和他们的距离。确实，我说出课堂上的五首诗的作者时，他们看我的眼神都有了崇拜。写作的冲动就更明显了。最后，我提供了几个贴近他们年龄和生活的题目，让他们在课堂上完成。孩子们真的是奋笔疾书，在十几分钟的课堂时间里，上交了他们的诗歌作品。

我把最后环节的教师寄语也以诗歌的形式写出来：

愿同学们

不仅有苹果树、小白兔和糖果，

更有星空和梦想,

诗歌和远方。

诗歌教学,是我全新的尝试。每一个环节,都是我一个人的探索。上诗歌课,如果讲多了,势必会给孩子们造成模式感,演变成单调的犹如数学公式般的讲解,会变成填空题。我这节课要做的,是让他们领悟到诗歌的美,产生表达的欲望。写诗就是写自己的生活,表现生活及我们本来的样子,展示一个人的世界及世界的隐秘。

孩子们做到了。当天晚上,我批阅了他们的诗歌,发现里面藏着惊喜。这群小学二年级才接触汉语的孩子,同样是大地的孩子,他们有很多的话,需要用诗歌的形式,来告诉这个美丽的世界。

晚上十二点了,我还没有休息。我在回顾上课后老师们的感慨。闫伟伟老师说,她平时总是指导太多,功利性太强,束缚了孩子们的手脚。为什么这节课孩子们个个表现积极,小手举得高高的,非常期待老师的点名,是因为老师激发了学生的兴趣。润物无声,水到渠成。

陈莹老师说,如果上课的老师非常温柔,语言又流畅、优美,学生就会特别想去亲近老师。上课的内容是诗歌,诗歌就像最美的花朵。老师经常夸学生是最美的花朵,他们每个人就是一首诗。

陈跃林老师说，这节课就像山涧流水，让人舒服惬意。可见阿秋老师的功底多么深厚。

闫丽老师说，她特别喜欢我写吊兰的那首诗，把吊兰比喻成亲爱的孩子，很有意境美。恰好教室里就有吊兰，学生的感受就更直观了。

王净老师说，阿秋老师的字特别漂亮。

郭伟老师说他也是写诗的，这节课展示的诗对他很有启发，像《大门牙》写得很有生活趣味。

来自初中部的柯庭老师一下提了一大串问题。我笑道，这么多这么大的问题，只能以后再讲了。

看得出，老师们是相当投入的。这正是我喜欢看到的。

赚了一把光阴

语文教研员周老师递过来温宿县小学部比赛胜出的作文。我一看,傻眼了。字迹歪歪扭扭,像八脚蜘蛛,内容空洞无物,篇幅都不长。这样的作文,在我们的家乡,可是班上的"尾巴"。这样去参赛,还不直接淘汰?

我所在的温宿县第三中学有小学部和初中部,孩子们都是维吾尔族,接触汉语才三年。他们写字从右到左,本子斜出一个难看的角度。家长不会讲普通话。学习脱离了一个好的环境,其艰难可想而知。恰逢我们援疆期间,教育局要举办一个"浙阿同心杯"中小学生现场作文竞赛。教研员就召集我们几位援疆语文老师开会。教研员不仅想迎难而上,还准备大干一场，取得好成绩呢。她把希望寄托在我们身上，好像我们一出马，奖项就都有了。

两位老师建议先让语文老师写一篇大主题作文，再让他们去指导学生写。这个建议执行起来不大方便，建议被否决了。周老师认为，我们四名援疆语文老师一人办一个讲座，把老师们一一教会。

可是，讲座哪是说开就能开的。最终，所有的担子都压到了我的肩上。胡局长、周老师以及别的老师都觉得我是作家，开讲座手到擒来。

如何突破大主题作文，我从来没好好想过，挑战一下自己也好。对于一群本身不太喜欢阅读和写作的老师来说，他们更喜欢直接拿到"葵花宝典"，看一眼就能全部通关。可是作文无法速成。而我又必须给他们一点儿速成的东西。这次的功利性、目标性如此强，我还能慢慢地熬出"营养粥"来吗？于是，我梳理了作文的材料、结构、标题和立意四大方面。有故事，有理论，更有我自己写的范例。本来还想讲一下语言，但语言能力实在不是能迅速提升的，也就作罢。

我让大家利用好身边的资源，多用素材作为例子，并结合温宿的地域特征，拟了五大类标题。老师们纷纷点头、记录，有的直接拍下来抄。最后，我念了自己写的散文《苹果是什么颜色》。九月份的那个讲座，我念了一半的案例，大家意犹未尽，老是来打听，这次我决定全文呈现。没想到念着念着，眼泪就跑出来了。外公精心打理副业队的苹果树，不贪公家分毫，还付出了失去右手的代价。苹果有青的、有红的、有黄的，但在我眼里，它们都是革命红。我于1998年2月18日，外公去世的第二年入党，也算追随外公的足迹了。这篇大主题作文，既写出了老党员本色，也写出了革命精神的传承。

老师们听了很受感动，热烈地鼓掌肯定我。他们还向我要文稿，说要读给学生听。温宿县第五中学的徐丽老师在表达了敬仰之情后，问我是怎么成长起来的。当时，我脑袋有两秒的空白，但马上做了回答。我遇见了很多贵人，有教研员、有校长、有同事、有编辑、有朋友。我特别提到自己毕业不久，就获得了金华市下水作文比赛一等奖，然后听从教研员的安排，给三个年级所有的单元作文写了下水作文，教研室帮我出了人生第一本书，印数一万册。我领到了人生第一笔比较多的稿费。我讲到自己才毕业三年，就当了两个班的班主任。因为校长非常器重我，栽培我。我还讲到编辑也特别信任我，签约出书，我可以自豪地领稿费。当然，还有一个很重要的贵人，那就是一直努力的自己。

都说闲一天，少一天。我忙了两个讲座，实在是赚了一把光阴。敲击文字的过程，就像拨灯芯，看着灯越来越亮，心里也就越来越亮堂。

万里之外的来信

没有早来一步，也没有晚来一步，2021年的最后一天下午，我收到了万里之外的快递。那是浙江省东阳市吴宁第一初级中学的孩子给新疆维吾尔自治区温宿县第三中学八（7）班的孩子写的信。

下午的温宿县第三中学，每个班都在庆祝元旦。孩子们买了橘子、花生、棒棒糖等好吃的，还准备了舞蹈、唱歌、游戏等节目。我带着信来到教室，孩子们欢呼起来："阿秋老师，新年快乐。"

"同学们，我带来了新年礼物。每位同学都能收到一封写着你名字的信。它来自万里之外的浙江东阳。"大家惊喜得叫喊起来。

"真的吗？我从来没收到过信。"

"太激动了。"

我站在教室中间腾出的空地上，拿着一沓信，念着孩子们的名字。念到名字的同学就上来拿信。信都被领走了，有位男生举手了。他说："阿秋老师，我没有信。"

这位男生的名字，我一下子叫不出来。但我知道他几次考试，没合格成绩。他是班上唯一一位用左手写字的同学。肯定是学校在安排写信的时候，漏掉了一位。

"不好意思啊。我叫他们补寄。你放心，你也会收到的。来，写个名字，老师现在就发过去。"

他左手拿笔，一笔一画慢慢地写着：艾力凯木·艾力肯。

迪力夏提·托合提也是一位不爱学习的男生。他的眼睛很圆，人长得帅气，就是从来不交作业，不写字。这次拿着信走来走去，见人就说："我收到信了。我要写信了。阿秋老师，再给我一张信纸。"信纸是我发给他们的，有学校的名字，我觉得这样更有纪念意义。我很好奇，他会写些什么，能写多少字。

同学们顾不上吃美食，拿着信埋头就看起来。看了自己的，又去借同学的看。五位腼腆的男生主动走过来，邀请我和他们合影。

几位女生围着我，不愿离开。古丽且合热·艾麦尔说："浙江同学的字，怎么写得都这么好看！我根本写不出来，怎么办？"新疆维吾尔族孩子接触汉语晚，字写不好，也很正常。但我听得出孩子们无形中对自己有了要求。

热娜古丽·达吾提说："这是我第一次收到信，我很激动，也很感激。这是最珍贵的礼物。"过了一会儿，她又跑过来对我说："阿秋老师，有一封信写得很美，还写了一首诗呢。"

我赶紧叫她拿过来给我看。只见上面写着：汉乐府诗中写道：江南可采莲，莲叶何田田，鱼戏莲叶间。

我以为东阳的这位同学自己写了一首诗，没想到只是引用了半首诗，我的新疆学生就佩服成了这样。他们不买课外书，更不阅读课外书，能引用一句诗歌，就觉得很厉害了。

叶书含同学写道："苏比努尔·阿布都克热木，只要你来东阳，我一定请你喝上一壶龙井茶，再斟满一杯月亮。"于是，苏比努尔·阿布都克热木很认真地问："叶书含是男生，还是女生？"王晗琪同学干脆在信中用简笔画勾勒了自己的头像，还在一旁写道：我大概长这样，稍微再胖点。王晗琪曾经来过新疆，她觉得特别神奇的是，晚上九点，新疆居然还艳阳高照。

在内地同学的来信中，很多同学介绍了自己家乡的美食：糯米肠、霉干菜、沃面、南马肉饼、择子豆腐等，他们还介绍了卢宅肃雍堂、横店影视城、东阳红木家具等。

古丽乃再尔·赛买提和祖拜代·图尔贡齐声说："我们想

去浙江看看。尝尝那里的美食。"

一旁的艾斯玛·艾克拜尔抢着说："我看了信上的介绍，都要流口水了。"边上的同学都笑了起来。

排日代姆·图尔荪在给金慧妍同学的回信中说："我们新疆的节日有肉孜节和古尔邦节，我最喜欢过这些节了。过节我可以去爷爷奶奶家，还能收到压岁钱，还能把肚子吃得圆滚滚的。"买尔吾拉木·麦合木提向卢建羽介绍了"我爱中国"用维吾尔语怎么写，告诉他夏天来新疆的话，一定要带防晒霜，穿防晒衣。茹非娜·阿合尼亚孜特别介绍了新疆美食大盘鸡，说大盘鸡像极了新疆人民的性格，大气豪放，热情火辣。

一封信，把万里变成了咫尺；一封信，让两地的孩子更加热情、纯真；一封信，架起了民族团结的桥梁。

绰约等于金色花

眼睛下方二厘米处的肌肉组织,呈倒三角形状,称为苹果肌,又称笑肌。笑起来时,笑肌可以让脸颊现出如苹果般的曲线。但有的人没有笑肌。

我对这段话深信不疑。我们班的木耶赛尔·艾买尔就是个没有笑肌的人。他总是低着头走路,低着头听课,好像地面的方向,有一块磁铁,把他吸住了。又似乎空气里有一个熨斗,把他的笑肌和表情都熨得平平整整,了无痕迹。

一次,我无意中发现,他额前偏左的部位,有一块隐隐的胎记,一元硬币的大小。

我突然明白了。他一定是不想让别人看到这块胎记。他自卑。

我想起自己年少的自卑。那时候长得不好看,发育晚,还傻傻地连药也不会吞服。如今,我写下《走着走着,花就开了》一文,后来被发表在《读者》上,还被一些省市出成阅读试题。于是,我决定在班上读这篇文章。

"也许,对大人而言,孩子的事情都是小事情;对时光而言,过去的事情都是小事情。我们都曾痛苦地生长,期待人生的峰回路转。其实,我们只需走好眼前的路。走着走着,路就宽了;走着走着,花就开了。"我读完最后一段,同学们都鼓起了掌。木耶赛尔·艾买尔微微地抬起了头。他的表情依然像个木偶人,但我相信他会有所触动。

这次单元作文的主题是"热爱生活,热爱写作"。热爱生活,首先从认识自己、热爱自己开始。据说,每个人都有两只"口袋",胸前的装优点,背后的装缺点。于是,每个人都只看到了自己的优点以及别人的缺点。那我们就从胸前的口袋里清点优点,自我肯定吧。我相信大家会像爆米花一样争先恐后地爆出一大堆优点来。不料,同学们能说出的优点并不多,大多只有两三个。我叫木耶赛尔·艾买尔来说说。他低着头,说:"我没有优点。"

"你再好好想想。"

"我真的没有优点。我妈说,我来世上就是讨债的,是混吃等死的。"

教室里瞬间静了下来，有的人捂着嘴巴在咻咻地笑。

这是什么妈，有这样说孩子的吗？少安毋躁，下课再找他谈谈。于是，我点评道："同学们对自己的优点，认识得还不够多。我给大家两个星期的时间，来重新认识自己。每个人至少要能说出自己五个优点。"

课后，我了解到，木耶赛尔·艾买尔的妈妈和爸爸离婚了。小学六年，他都是在妈妈的否定中长大的。他妈妈一个人带着他，每天清扫街道卫生，清理垃圾，日子过得很艰难。一个对自己没有一点儿认同感的孩子，如何能拥有笑肌呢？

我倏然明白了，他的笑肌不是被胎记剥夺，而是被全盘的否定剥夺了。此时，我有了主意。

"木耶赛尔·艾买尔，给我一支红笔。""谢谢你，帮了我的忙。"

"木耶赛尔·艾买尔，把老师的大衣拿到办公室。""谢谢你，帮了我的忙。"

……

慢慢地，木耶赛尔·艾买尔的头不再一直低着了。有一天，他还采了一朵金黄色的野花，插在矿泉水瓶子里，送到我的办公室。

两周后的语文课，同学们都说出了自己的五个优点。我期待着木耶赛尔·艾买尔的表现。让人大跌眼镜的是,那个萎靡的声音又响了起来:"我没有优点。"

我急了,说:"前几天,班里的清洁工具掉下来,我问谁有胶带,一般同学拿出胶带就好了,你还帮忙粘起来。这不是优点吗?你送给老师漂亮的花儿,像我们刚刚学过的《金色花》里那个可爱善良的小男孩。这不是优点吗?"

木耶赛尔·艾买尔抬起头,一双圆溜溜的眼睛睁得更大了。此时,我想起了非洲的巴贝姆巴族。他们至今保持着一种独特的生活习惯。当族里某个人犯错误时,族长会让其站在村落中央。整个部落的人会将这个犯错误的人团团围住,用赞美的话来教育他。整个赞美的仪式,要持续到所有族人都将正面的评语说完。赞美,能让人惭愧,给人力量。木耶赛尔·艾买尔没有犯什么错,但他太需要肯定了。

"同学们,我们一起来说说他的优点吧!"

阿比代·肉孜说:"他以前不爱说话,现在爱说话了。"

努热曼古丽·托合提说:"他以前不背课文,现在会背了。"

伊木然·依不拉音说:"我没有橡皮,他掰下一半送给我。他很善良。"

萨拉伊丁·麦麦提说:"木耶赛尔·艾买尔每天自己走路上学,非常独立。"

……

听完这些话，木耶赛尔·艾买尔的眼里有了泪花。也许，这是他第一次发现原来自己可以是美好的。

我让同学们将自己的优点整理到小卡片上，贴到课桌的右侧。每天看着写下的这些优点，可以激励自己变得更好。木耶赛尔·艾买尔终于写下了自己的优点。他没有笑，但我总觉得他的心里在笑。

我买了一张红色的卡片纸，像新疆成熟的沙棘果一样的红色。我给木耶赛尔·艾买尔的妈妈写了一张报喜单，和木耶赛尔·艾买尔一起送过去。

我写道："前几天，我们刚刚学习了印度诗人泰戈尔的《金色花》。里面有个爱妈妈的小男孩。他是个善良可爱的小精灵，像金色花一样美好。木耶赛尔·艾买尔约等于金色花。他每一天都在进步——爱说话了，爱背书了，爱助人了。请您送他一个拥抱。"

新疆的家长不懂汉语。木耶赛尔·艾买尔用维吾尔语翻译给妈妈听。他妈妈当场就哭了。她把木耶赛尔·艾买尔抱得喘不过气。

木耶赛尔·艾买尔哭了，又笑了。他的脸颊现出如苹果形状的曲线，美得像金色花。

我有变美计划

课前,我想了解一下同学们的梦想。

依木然·艾尔肯说:"我的萌香是七吗。"

"什么?"我一头雾水。

一位女生帮着重复道:"我的梦想是骑马。"新疆学生很难把握普通话的声调。她又解释道,"他想参加骑马比赛得冠军。"

原来在新疆,这也可以成为梦想。

阿尔曼·阿卜力孜的梦想是当特种兵。古丽且合热·艾麦尔的梦想是当一名军人。苏比努尔·阿布都克热木的梦想是给父母买一套房子。热娜古丽·达吾提的梦想是当一名空姐。

"有没有梦想当作家的?"

没人举手。

我在浙江的学生很多都想当作家，此刻这情景令我心里多少有点失落，但马上又释怀了。维吾尔族学生目前写篇作文尚且艰难无比，没人想当作家是再自然不过了。

"还有要说的吗？"

拜尔娜古丽·吐尼亚孜说："我要当演员。"

教了这么多年书，第一次听到学生的梦想是当演员的。

"为什么？"

"因为我长得好看。"

有学生在咪咪地笑。麦丽凯姆·肉孜笑着说："在新疆，三步一热巴，五步一娜扎，遍地佟丽娅。"

拜尔娜古丽·吐尼亚孜眨着大眼睛，很认真地看着我。

我没有评价。作为援疆教师，我来到温宿三中还不久，胡乱评价或只是评价一个学生的外貌，显然不太合适。

我的朋友都说，新疆维吾尔族人长得好看，他们脸型小，眼睛大，五官立体，看起来个个有明星相。

确实如此。可为何单单拜尔娜古丽·吐尼亚孜想当演员呢？

从此，我特别注意到了她。我向老师了解情况。

老师们已经教了她一年，还是叫不出她的名字。她像一滴不起眼的水，淹没在湖泊里。每次语文考试，成绩除了二十几分，还是二十几分，可谓非常"稳定"。

她确实长得好看。滴溜溜的大眼睛,简直会说话。

我找她来我办公室聊天。

我拿出我的硬皮本,递给她一支签名笔,让她给我签名。我说:"阿秋老师期待你梦想成真。当那一天如愿而来,我找你签名就难了。到时,你会忘了我吗?"

"不会不会。"

"让你妈加我微信吧。这样,我可以及时收到你的好消息。"

没想到我会这样信任她,拜尔娜古丽·吐尼亚孜激动得小脸蛋红扑扑的。

"你觉得要当上演员,需要有什么条件吗?"

"要长得好看,还要能吃苦。"

"是呢!那你付出了哪些努力?"

"老师,我有变美计划。"

于是,拜尔娜古丽·吐尼亚孜的话匣子打开了。

每天晚上,拜尔娜古丽·吐尼亚孜都坚持运动,做俯卧撑三十个,转呼啦圈一百个。躺在床上,她就练眼睛,眼睛慢慢地闭合,再慢慢打开五十次。这样眼睛会变大变美。早上一起床,拜尔娜古丽·吐尼亚孜就绕着村庄跑三圈。她生活的村庄是温宿县托甫汗镇五大队二小队,有四百多户人家。村庄虽大,但她不觉得累,她很享受早晨跑步的感觉。在学校,她就绕着操场跑。晨跑后吃早饭。早饭吃的是牛奶、苹果和不加其他东西的稀饭。她说这样能让身材更好。

我被拜尔娜古丽·吐尼亚孜的努力震惊到了。"好棒啊。你这么有毅力，把老师都感动了。"拜尔娜古丽·吐尼亚孜的脸上开出了花儿。

"你的梦想，爸爸和妈妈支持吗？"

"我先不让他们知道。阿秋老师，我们一个班就有3个人想当演员呢。一个学校会有多少人，整个新疆会有多少人，全国呢？竞争太激烈了。"

拜尔娜古丽·吐尼亚孜的思想比我想象中更成熟。她能这样想，是好事。

拜尔娜古丽·吐尼亚孜的爸爸开挖井机给人打井，妈妈在托甫汗镇五大队三小队开了一家叫"美丽服装"的服装店，专门做维吾尔族服装。

在拜尔娜古丽·吐尼亚孜的要求下，妈妈给她做了一套民族服装艾德莱斯。新疆演员迪丽热巴是拜尔娜古丽·吐尼亚孜的偶像。迪丽热巴在古装剧《三生三世十里桃花》中，穿着汉服的造型很是惊艳。拜尔娜古丽·吐尼亚孜非常期待自己能拥有一套汉服。她悄悄地告诉我："总有一天，我妈会同意的。"

穿上艾德莱斯，拜尔娜古丽·吐尼亚孜在镜子前跳起自己最喜欢的舞蹈《邻居家的女儿》。她第一次发现，自己的舞姿也是活泼而柔美的。她的信心又增加了一点儿。

新疆的维吾尔族家庭,一年至少要过两个民族节日。一个是肉孜节,家家户户都会杀羊来庆祝,这是小家庭的团聚。最隆重的是古尔邦节,要持续几天,有点类似我们的春节。这是大家庭的团聚。

"今天我去爷爷家,明天我去姥姥家,后天他们来我家。长辈还要给小孩压岁钱。中国的家长有个共同的特征,就是比娃。比了成绩,比才艺,最好自己生的娃,能把别人生的娃都比下去。"

拜尔娜古丽·吐尼亚孜知道,妈妈肯定会让她出场。再说,既然要当演员,她就要把这当作锻炼的机会。于是,她在古尔邦节前,就开始加大力度进行练习。她唱网络上很火的歌曲《沦陷》《谪仙》等,她跳《邻居家的女儿》《把你女儿嫁给我》《有那么一个地方》等舞蹈。

这也是年轻人相聚的节日。大家敲着纳格拉鼓,跳着麦西热甫。麦西热甫可两人跳,也可集体跳。拜尔娜古丽·吐尼亚孜的舞姿,总能赢来大家的赞美。

我让她跳一段,她大大方方地跳开了。那扭脖子、弯腰起舞的动作,轻盈如仙。

"你的变美计划很好。老师还想知道,你学习上有没有变强计划?"

拜尔娜古丽·吐尼亚孜沉默了。过了一会儿，她说："我今天就列一个计划。"

"要当演员，光人长得好看，舞姿优美，是不够的。如果学业上不能达到一定的高度，你会连剧本都看不懂，根本无法把握人物的情绪和内心。你喜欢的迪丽热巴，是上海戏剧学院毕业的呢！"

拜尔娜古丽·吐尼亚孜连连点头。

我告诉她，不要着急，好好考虑，明天再告诉我。

次日，拜尔娜古丽·吐尼亚孜告诉我，她每科都列了计划。语文方面自己的普通话发音不标准，要特别练习声调。作文总是写不出来，她每天晚上要读一篇好作文。古诗需要积累，她就每晚背两首。

"那期末语文争取考多少分？"

"我要考70分。"

我怀疑自己听错了。要知道，这是平均分30多分的民族学校，70分就是年级拔尖了。

"70分吗？"我问。拜尔娜古丽·吐尼亚孜郑重地点了点头。

一个考20多分的学生，能冲到70分吗？我持怀疑态度，但我不忍心浇灭她的热情。在她的注视下，我在手机备忘录里写道：拜尔娜古丽·吐尼亚孜期末语文目标成绩是70分。

"你看,老师把你的目标随身带着。加油。"

拜尔娜古丽·吐尼亚孜咬着嘴唇,坚定地点了点头。

期末成绩出来了,我第一眼看到的就是拜尔娜古丽·吐尼亚孜的语文成绩是:46分。她考出了自己的最高分。虽然这次她还没有达到目标,但我相信,她会努力奔跑在夺取70分的路上。

打灯的孩子

"这灯怎么坏了？"

一走进教室，我就看见一盏日光灯破了，它睁着一只空洞的眼睛，可怜巴巴地看着大家。

"我们班的灯，老是坏。已经一年了。"有人大声说。

"为什么？"作为援疆教师，我初来乍到，很多情况都不了解。

所有人的目光都落在了一个地方，像手电筒的光束一样集中。

那是艾克达·麦麦提的位置。只见他坦然地接受着注目礼，脸上看不出内心的起伏。

"这灯破得有水平。"我故作幽默。

"他用弹弓打的。"有男生指着艾克达·麦麦提回答。

"你这孩子。人家用弹弓打鸟,你居然用弹弓打灯。把弹弓给我。学校里不要带弹弓,多危险啊!"

艾克达·麦麦提身子微微上抬,从屁股下拿出弹弓,木然地递给我。

这弹弓倒是有几分精致。取丫字形树枝,削去树枝的外皮,用麻绳把橡皮筋的两端分别绑在树枝两端。橡皮筋绑得紧紧的,只要拿一块小石头或一根小木棍,就能射出一定的距离。威力还不小。

大课间时,我找他谈话。我自认为说话还有几分艺术,不料我说了一堆,他只是沉默。

这沉默的威力,比弹弓还大。俗话说:三个不开口,神仙难下手。我不是神仙,更不知所措了。

我只能打迂回战。

我找到和艾克达·麦麦提小学同班的派祖拉·依力。他告诉我,从小学一年级一直到小学五年级,艾克达·麦麦提都是班长,他的成绩可好了。上课时,老师经常叫他发言,尤其是上公开课。有一次,他的一幅绘画还在温宿县的一个比赛中获奖了。可是后来,他就不爱读书了。

"你知道原因吗?"

派祖拉·依力摇摇头。

这孩子到底经历了什么？我一筹莫展。

一次，我放学后要去买点东西，就走向托乎拉街。突然，我看到了熟悉的校服，熟悉的身影。那不是艾克达·麦麦提吗？放学不回家，他在干什么呢？

我走到离他一米左右的地方停下了。只见他站在行道树边上，仰着头在看树。树上没有鸟，也没有花，一串串花一样的灯垂挂着，一到晚上，它们就会变得很漂亮。灯光不仅会让它们变成红色，还会像水一样流动起来。

我也陪着他看起树来。

不知过了多久，他发现了我，显得有些不好意思："阿秋老师，你一直在陪我看灯？"

原来吸引他的是灯。

"你怎么不早点回家？"

"我回的是阿姨的大盘鸡面馆，不是家。"此时的他，可谓有问必答。离开了学校这个环境，他变得自然了。我们边走边聊。艾克达·麦麦提开始了诉说。

妈妈太忙，一般要晚上十点后才能来阿姨的面馆接他。艾克达·麦麦提就在面馆嘈杂的环境里写作业。每天如此。

"那爸爸呢？"我随口问了一句。

"我恨爸爸。他变心了。和别人结婚了，还生了孩子。"艾克达·麦麦提的语气突然坚硬起来，像行道树上的瘿疖。自从爸爸离开他们母子，他的心里就有了一个结。随着时间的推移，结越来越大。

"可是再怎么样，你也是爸爸的儿子。他不会不管你的。"我柔声安慰。

"他根本就不想管我。"艾克达·麦麦提自顾自地说下去，"爸爸是卖灯具的。那些灯，真的好漂亮啊。我以前还画过呢。灯是光明，是温暖，是幸福。可是，爸爸变心了，灯也变冷了。我的心也变了。"

"你太不容易了。如果我是你，真不知道该怎么办呢！"我终于明白，他为什么那么恨灯了。我真心地为他难过。

"我也只有一个办法。"

"什么办法？"

"打灯啊。把学校的灯打破了，学校会找妈妈。妈妈会让爸爸来学校赔钱。"原来，这才是他带弹弓的原因。

"你很想爸爸吗？"为了见爸爸，这孩子也真是拼了。

"不想。"明明是肯定句，我却听出了他内心的矛盾，"我是想让他难堪，让他记起我的存在。"

可怜的孩子。

"你真的很聪明。不过，这样做最痛苦的人是你。老师舍不得呀，你妈妈也舍不得，你的未来也舍不得。再说，打灯太

200

危险了，如果碎片溅到眼睛里，那可是会变瞎的。这样，我们打别的东西好不好？"

"打什么？"对我的建议，他显然有兴趣。

"我也不知道。你说打什么会让你少一点儿痛苦？"

"我想想。"

后来，每到大课间，艾克达·麦麦提就来我办公室打靠垫。两个超级大的靠垫被他打来打去。拳头越狠，靠垫越现出软绵绵的坑。

艾克达·麦麦提的不良情绪需要释放，我想让它转化成动力，我想给他的心灵和身体补充能量。

等他打累了，我递给他一杯温水。等他气喘吁吁的劲儿过去，我让他讲一件好玩的或者伤心的事情。他讲，我听。

这样持续了两个多星期。艾克达·麦麦提讲的故事由伤心的慢慢转为好玩的，他的表情也像冰河一样解冻了。

"还恨爸爸吗？"我问。

"还有一点儿。"艾克达·麦麦提说，"不过，我不会再做傻事了。"

此时，我分明听到了成长在拔节的声音。

老师的红柳枝条

"看我不打你!"

阿孜古丽·吾斯曼老师拿着一根红柳枝条,追着打穆再排尔·居马。

几分钟前,阿孜古丽·吾斯曼老师给穆再排尔·居马的家长打了一个电话:"我把他留下了,他得迟点回家了。我准备揍他一顿,让他清醒清醒。"

"老师,狠狠揍。交给你,我们放心。"

阿孜古丽·吾斯曼老师用桌子把教室的前后门顶住。穆再排尔·居马在前面跑,她扬着红柳枝在后面追。一圈,一圈,又一圈,她总是和穆再排尔·居马相差一小段距离。

最后，阿孜古丽·吾斯曼老师停下了。穆再排尔·居马也停下了。二人都弓着身子，喘着粗气。一个把左手支在桌子上，一个两只手落在膝盖上方。

"分不分？"阿孜古丽·吾斯曼老师把红柳枝条用力地甩在桌子上，桌子发出了"疼痛的嘶鸣"。

"不分！"穆再排尔·居马回答。

"唉——"一声长长的叹息后，阿孜古丽·吾斯曼老师说，"好吧！不过，我有个条件，你们二人的学习只能进步，要考上重点中学。"

"行！说话算数。"穆再排尔·居马一脸笑容。

一个月前，阿孜古丽·吾斯曼老师就发现教室里有两双不太对劲的眼神。一个是成绩在班级排第三名的穆再排尔·居马，一个是排第五名的祖丽阿娅·阿布拉。她默默地观察了四个星期，终于确定了自己的判断。穆再排尔·居马是住校生，他每天都把祖丽阿娅·阿布拉送回家，再回到宿舍。

有一次，他还带了一支口红。

那是新疆特有的口红。每到辣椒丰收季，戈壁滩就像铺上了红地毯。辣椒颜色鲜艳，个头很大，专门用来提取色素做口红。

"这是辣椒做的，可以吃的。"穆再排尔·居马的话，恰好落入了阿孜古丽·吾斯曼老师的耳朵里。

穆再排尔·居马和祖丽阿娅·阿布拉低着头，乖乖地站在阿孜古丽·吾斯曼老师面前。

"你们俩都很有眼光，也都很优秀，你们也是老师的得意弟子，我不希望你们因为感情的事影响学习。"阿孜古丽·吾斯曼老师说。

"分手！"阿孜古丽·吾斯曼老师的每一个字都很坚定。

"不分！"穆再排尔·居马的脾气像戈壁滩上的石头。

"你呢？"阿孜古丽·吾斯曼老师转向祖丽阿娅·阿布拉。

"我——他不分，我也不分。"祖丽阿娅·阿布拉卷着衣角，刘海遮住了她的一只眼睛。

于是，就有了开篇的一幕。

阿孜古丽·吾斯曼老师想起自己读初中时，也和班上的一位男生特别要好。这份纯真的感情至今回想起来，仍然觉得美好。

正当阿孜古丽·吾斯曼老师为自己开明的思想和教育理念点赞时，穆再排尔·居马来找她了。

"对不起，老师。"穆再排尔·居马说，"我要分手。"

"什么？"阿孜古丽·吾斯曼怀疑自己听错了。当初那个挨打也不怕的男生，那个坚定无比的男生，怎么突然改变了初衷？

"谁说对不起后面必须是没关系？我不同意。"

"老师，您不是想让我们分手吗？"穆再排尔·居马很是吃惊。

"那是以前！现在都四月份了，马上要中考了，你这样做能不影响学习吗？再说了，有想法需要的是沟通，而不是逃避。"阿孜古丽·吾斯曼老师说。

这次，穆再排尔·居马没有坚持，他点点头回去了。

后来，阿孜古丽·吾斯曼老师特意买了奶茶交给男生，让他送给祖丽阿娅·阿布拉。

五月份，阿孜古丽·吾斯曼老师还请他俩去吃手抓饭和羊肉串。两人之间的罅隙，在云淡风轻中被填平了。

六月份，阿孜古丽·吾斯曼老师收到了穆再排尔·居马和祖丽阿娅·阿布拉的喜讯，他俩双双考上了重点高中。

阿孜古丽·吾斯曼老师看着支在办公室一角的红柳枝条，笑了。

老师，需要帮忙吗

第一次走进我在新疆的办公室，眼睛被春天的色彩点亮。这里有三青色的窗帘、大红色和玫瑰红的布艺椅子、群青色的布艺沙发，还有一个玻璃小圆桌、几条抹茶绿的凳子。

只是，靠窗的办公桌是坏的。垃圾桶里有垃圾。几盆绿植奄奄一息。

正不知怎么处理，刚好有两位男生走过，我上前一步问道："同学，帮帮老师，好吗？"

他们停下脚步，点点头。二人把坏的办公桌移到角落，给绿植浇了水，把垃圾倒了，还把地面拖了，把桌凳都擦了一遍。

他们干活的动作很熟练，和小小的个子不大相称。我情不自禁地拍下他们的工作照，说："谢谢你们。你俩太能干了。我要晒朋友圈鸣谢。"

此后，有一位男生过几天就会来问："老师，需要帮忙吗？"

他就是最早帮过我忙的其中一位。他长得很"新疆"，鼻梁高高的，眼窝深深的，脸颊瘦瘦的。

有时他带着这个同学，有时他带来另外的同学，帮我拖地、擦桌子、浇水。有时他就一个人来。办公室就我一人，简简单单，一般一周清扫一次。

帮我清扫几次后，我拿出笔记本，让他在扉页上写下名字。他又笨拙又认真地写着：阿比代·买合木提。

我问："你的汉字写得还不错，什么时候开始学的？"

"我们四年级开始学汉语，现在第四年了，以前都学维吾尔语。"

"你真聪明。这么迟开始学，还能把汉语讲得这么好。"我夸奖道。他的汉语讲得还算不错，只是音调不太准确。

他笑着用右手摸了摸脑袋，很受用的样子。

后来，只要门口响起"老师，需要帮忙吗？"的声音，我就赶紧翻开本子，看着他写的名字，回答："好啊，谢谢阿比代·买合木提。"

这样几次以后，我就记住了他的名字。

听说，温宿三中的孩子很多家境都不太好。不吃早饭的或潦草应付的比较多。有时，我就带点馒头、鸡蛋过去。

"谢谢老师。"阿比代·买合木提的眼睛亮亮的，像是帕克勒克草原上空的星星掉进了眼眸。

我想起浙江的学生，总是无视馒头、鸡蛋，吃早饭就像中等生啃试卷上的最后一道数学题，皱着眉头，哪个角度都找不到感觉。只要交卷的铃声一响，就如释重负。

"吃吧，吃啊！"我突然涌起一种当妈妈的心情。

他看了看我，低头吃了起来，像空嗉子鸡看见米，几下就把馒头、鸡蛋吃进了肚。

我突然想起什么，说："阿比代·买合木提，你教我学维吾尔语，最最简单的，怎么样？"来新疆几个月了，我听不懂，更不会讲一句维吾尔语。我援助的阿克苏温宿县第三中学是一所民族学校，校园和学校设施都是我的家乡金华援建的，学生全是维吾尔族人。学校在醒目位置写着："民族团结一家亲""唱响民族团结主旋律""为祖国尽责，为新疆奉献，为金华争光，为人生添彩。"大多数学生上课讲着生硬的汉语，下课就用维吾尔语叽叽喳喳地说话。我不求听懂，只是好奇。

"好啊！好啊！"他响亮的声音像新疆透亮的天气，不见雨星，只有透亮，明晃晃的亮。

"谢谢，怎么说？"

他回答了一遍。可我一个字也没听明白。用我家乡东阳的话说,叫"水浇鸭背"。

　　他又说了一遍。我还是整个脑袋罩在云雾里。阿比代·买合木提没有笑,他成了一位耐心的老师,说:"不要急,我一个字一个字地讲,老师再记下来。"

　　我打开手机备忘录,在他一个字一个字的重复中,用发音接近的汉语写下:雷呵麦特。

　　当年学英语的时候,我偷偷在书上用汉语记发音。"thank you"边上写"三克油","sorry"边上写"搜雷",被英语老师狠狠地批评了一顿。

　　现在的我,俨然回到了几十年前。只是,没有老师会来批评我了。我面前的小老师,还在一遍遍地重复着。我一一记下:你好(梯西雷克木)、对不起(哈泼雷曼)、再见(霍西)、祝你幸福(巴呵力雷克绿痛)。

　　"好啦,我也会说维吾尔语啦。"我像孩子一样欢呼起来,看着手机上的备注,说道,"阿比代·买合木提,雷呵麦特,巴呵力雷克绿痛。"

　　他笑了,又用右手摸了摸脑袋,说:"老师,还要再记一个。"
　　还要记什么呢?这几个日常用语已经够我记的了。

　　他看出了我的心理活动,认真地说:"这个一定要记下来。这个很好记,也很重要。"他看着我继续打开手机备忘录,慢慢地说道:"傻子(烤哇)。"

这个词语怎么就非记不可呢？这让我有点吃惊。他说："这样，别人骂你的时候，你就知道了。"

一次，我问他："这么久了，你知道我的名字吗？你知道我教几年级吗？"他摇摇头，说："我只知道老师是来援疆的。"

我说："我叫王秋珍。王子的王。你可以叫我阿秋老师。你是七年级的学生。我教的是八年级。"

他点点头，问道："老师，你几岁了？"他还是习惯以前的称呼。

我反问道："你猜我几岁了？"

他就那么看着我，眨巴着大眼睛在思考，像琢磨一道重点题。然后，很确定地说："36岁。"

在他说出来前，我有点忐忑，担心自己在孩子眼里太老，毕竟我两鬓的白发已经遮不住了。

哪个学生不喜欢老师年轻点？又有哪个老师不希望自己在学生眼里是年轻的呢？只听他继续说："老师很年轻，很好看。"

我的心欢快起来："为什么猜我是36岁？"

"因为我妈妈是36岁。"

这孩子，真聪明。连猜个年龄都不是无根无据的，还会进行联想和比较。

这个勤快又聪明的孩子有一天给了我惊吓。当那个"老师，需要帮忙吗？"的声音响起后，我看到了一双像熊猫一样的眼睛。

"阿比代·买合木提，你这是怎么了？"他的右眼四周全部像泼上了墨，眼皮也有些肿。我真担心这只眼睛会疼得厉害，会看不清物体。

"老师，昨天放学的时候，我骑着自行车回家，骑着骑着就睡着了。然后就从车上摔了下来，摔下一个小坡。"

我让他歇歇。他像没听见似的，和往常一样擦起桌子来。

怎么会有这么懂事的孩子？

按他的这种情况，要么在医院，要么在家休息。他却按时来上学，还要跑到我这里想着给我帮忙。

我看着他劳动的身影，仿佛看到他身上贴着"三好标兵""社会服务标兵"等荣誉标签。这样的好学生，再多荣誉都不嫌多啊。

次日，我专门带了三个馒头、三块巧克力味的蛋糕、三个鸡蛋。维吾尔族孩子不吃大肉（大肉就是猪肉）。因此，我不带包子、肉饼。我要把他喜欢吃的交给他，让他和其他同学分享。奇怪的是，我等了几节课，他都没有来。

他的教室就在我办公室的旁边。我找到他们的教室，见到一张熟悉的脸。他是第一次和阿比代·买合木提一起来帮过忙的，小脸圆圆的。小圆脸学生告诉我，阿比代·买合木提被老师叫走了。我交给小圆脸学生馒头和蛋糕，叮嘱他一定要给阿比代·买合木提每样留一份。

第三天，阿比代·买合木提的声音又按时出现了："老师，需要帮忙吗？"

"不用。雷呵麦特。"突然，我想起了昨天的事，问，"蛋糕你吃了吗？好吃吗？"

"没有。"他的声音低了下来。

我带着他去教室找小圆脸学生。我特别不喜欢说话不算数的事情发生。小圆脸学生说："我把它们放在他的座位上，被人抢走吃光了。"

我安慰他："没事，老师以后有好吃的还给你留着。"

后来几天，我去新和县支教，没有去三中。

再回三中的时候，已经是一两个星期以后了。

阿比代·买合木提带着两位男生，把我的办公室全面地清扫了一遍。我看着清爽的地面说："太干净了，这个星期都不用打扫了。"

这个星期，我要赶几幅字。出版社编辑建议我给自己的书加一点儿书画作品作为插图，这样更有意义。我用红绳子从里面把门绑上了一个结。办公室的门关不上，总是半开着。有时，好奇的学生会突然推开门，再跑开。

只有关好门，我才能专心写字。

"老师，需要帮忙吗？"

"不用。谢谢。"

到了下一节课。

"老师,需要帮忙吗?"

"不用不用。"

我没有起身。一幅作品追求一气呵成,中间一停顿,气脉就断了。

此时,我听到阿比代·买合木提在说:"脸盆里的水很黑。"那个脸盆,是我洗过毛笔的。他透过比较大的门缝在观察房间。

啪嗒!啪嗒!他居然摇晃起门来,我绑着的红线松开了。阿比代·买合木提走到我的面前,说:"老师,需要帮忙吗?"

我有了怒气。这是怎么回事?但作为老师的教养使我按捺住了不悦。再说,我是援疆教师,我肩负着特殊的使命。

"老师在写字,不希望受到干扰。谢谢你啊。"他垂着眼睑出去了。

等终于搁下毛笔,我突然想到了一件事情。阿比代·买合木提不会是有其他的念想吧?

他毕竟只是个七年级的孩子。

次日,我带了他喜欢的馒头、鸡蛋,还有玉米棒,可是那个熟悉的声音没有出现。我把东西放进包里,刚来到他的教室,一位女老师走了出来。

"我找阿比代·买合木提。"

"他又犯事了？"面对我惊讶的表情，老师继续说，"几星期前，他和同学打架，眼睛都差点被打坏。"

"我——"我欲言又止。我本来想请老师把东西交给阿比代·买合木提，又觉得不妥，一时不知如何是好。

"我是来感谢他的。他经常主动帮我打扫卫生呢。"说出这句话，我松了一口气。

我拎着包回了办公室。我相信他会来找我的。

看着办公室清爽的地面和桌椅，我一个劲儿地在想："怎么可能？他怎么可能和人打这么狠的架！"

新疆的男孩子很喜欢打架，他们就算上体育课、劳动课，也爱扭在一起。没人劝架。推推搡搡没几分钟，又好好的了。

阿比代·买合木提真的来了。我什么也没提，看着他快乐地享受着食物。

几天后的大课间，阿比代·买合木提带给我一根棒棒糖。

"为什么要给老师棒棒糖？"

"没有为什么。"停了停，他又说，"老师有一本书，就叫《棒棒糖》。"新疆的孩子缺乏阅读，也缺乏书籍。我送了他们不少杂志和书。

我的抽屉里刚好还有一本，我拿出来说："这本送给你。"说话间，我打开扉页，写上：送给善良、勤劳、可爱的阿比代·买合木提，祝你像棒棒糖一样棒棒的，生活甜甜的。

他接过书，突然间眼圈红了。

"老师，我骗了你。我和别人打了架。"

我假装轻描淡写地说："没关系啊，哪个男孩子没打过架呀！"

"我不一样！"他加重了语气，"我妈妈在'培训'。他们骂我妈，还骂我烤哇（傻子）。"他的脸色黯淡下来。我的眼前闪现出阿比代·买合木提大声回击对方"烤哇"，并挥起拳头的情景。我想起他一定要我记住"烤哇"的急切表情。我还想起老师们和我说过，家长在监狱里接受改造，这种情况叫作"培训"。

我一时不知怎么说才好。此时的他，也许只是需要倾听，并不需要我讲一大堆或安慰或鼓舞的话。

从此，我和阿比代·买合木提有了更多的默契，就像两个分享了彼此秘密的小伙伴，把对方当成了自己人。

元旦前，他拿来一张大红纸，让我写毛笔字。

"写什么字呢？"

"福。"

"用在哪里呢？"

"贴我们班教室呀。"

教室里贴上福字，这不会是新疆特色吧？阿比代·买合木提小脸红扑扑的。可能他觉得能请到我写字是为班级做事，所以特别兴奋。

几个星期后,阿比代·买合木提在门外大声喊:"报告!"

只见他拿着一张奖状,让我给他拍照。奖状上盖着温宿县第三中学的印章,上面写着:阿比代·买合木提被评为"文明少年"。

这位文明少年大大的眼睛里,印着新疆天山山脉上的蓝天和帕克勒克草原上的星空,那么清澈,那么明亮。

好玩的讲座是什么样子

"最近我发现，我变成熟了。"这是我的开场白。

一般的流程应该是在校长介绍了我的成绩后，表示感谢，然后说一些谦虚的话，再开始题为《教科研论文的写作与发表》的讲座。

就像我在讲座中说的，要追求创新，那我怎么可以"走老套路"呢？

听讲座的老师们似乎都愣住了。我接着说："我会养鱼了。养鱼其实超简单，记住一三五就行：一天喂一次食，三天换一次水，五天干点什么呢？"我开始提问。

"五天换一批鱼。"我说出这话，自己都觉得乐。新疆的老师有一个特点——认真。他们坐的位置相互之间必然要隔开一米以上,上课还戴着口罩。开会就埋头记。我预想的笑声没有出现。

"一个新疆冰糖心苹果和一个新疆冰糖心苹果交换,还是一个新疆冰糖心苹果。"我想用新疆的特产拉近和他们的距离。

然后,我讲了宫本武藏和柳生又寿郎的故事,并设置了互动环节。我叫了我的两位徒弟回答,其实我提的是很简单的问题,他们居然都说:"不知道。需要思考一会儿。"

不过,援疆教师们马上做了不错的回答。回去的时候,大家说起这件事,开玩笑道:"他们还以为我们是你的托呢。请客,请客。"

整个讲座,我都注重现身说法,以自己的写作和发表的内容为例子,给大家最直接的触动。我讲到最近获奖的案例《没有一棵树会拒绝阳光》,讲了文章格式、写法后,念了后半部分内容。全场特别安静,大家都被里面特别的故事和观点所吸引。

我又讲到自己做牛尾巴炖土豆,做完这道菜后写了一篇散文《牛尾巴》,想到一句话:写作就像牛尾巴炖土豆,需要恰当的火候,还要有足够的耐心和灵动的慧心。这句话作为创作感言,上了《小小说大世界》杂志封二"优秀作家风采"。我又琢磨着写了一篇论文,题目就是《写作就像牛尾巴炖土豆》,发表于《浙江教育报》《作文指导报》《初中生》等报刊。

讲座结束后,温宿县第三中学校长艾合麦提·艾合太木向我颁发了证书,并说:"如此精彩的讲座,我真想一直听下去。希望王秋珍老师越来越漂亮。援疆教师真了不起!"

我的徒弟们留下来陪着我,我们一起拍了照片。他们说:"我从没听过这样好玩的讲座。以前的讲座都是讲一些条条框框,我们只管记下来就行。"

"'阿马代奥留一只眼睛给自己',这样的内容真的很深刻。我就是一个不顾自己内心的人。"

"老师做了一道牛尾巴炖土豆就写了一篇散文,又由此产生联想,写了一篇论文《写作就像牛尾巴炖土豆》,这让我很受启发。论文不是高不可攀的。它就藏在我们日常的细节里、教学的点滴中。"

"老师写的那篇案例,文字很美,故事很美,道理也很美。其实这样的故事我们身边也有。我们要做生活的有心人,随时记录,然后进行提炼。"

好吧!如果你觉得讲座是好玩的,写作也是好玩的,那我就给自己的表现点个赞了。

会跳舞的墙

成了援疆教师后,我一直在温宿县第三中学上班。每天戴着口罩进进出出。

突然有一天,校园外那条宽阔的马路被围了一大半。围墙做得很现代化,一看就不是暂时的。

原来,学校要扩大领地。如此,校门口要有大动作了。

我看向校门口,猛然间发现了"新大陆"。这些是什么,怎么这么美?只见长长的老围墙正在"灼灼地燃烧",几乎要"烧"出一个火热的青春。

可我,这么久了,一直不曾留意。莫非,我的口罩不仅遮住了鼻子和嘴巴,也遮住了我的眼睛?

上了四楼的办公室，我还是放不下那一墙火火的红，趁着温宿县教科局教研室邀请我做的讲座还没开始，我又跑了下去。

我贪婪地欣赏起来。仿佛此时不跑下去，我一辈子就会错过。围墙旁边有挖掘机在工作，有老师在剪枝，有学生在扫地，灰尘扬在空中，机器的轰鸣声响在耳畔。在这样的闹腾里，它兀自美在自己的世界里。火红的叶子燃烧着，蔓延着，鹅黄的叶子内敛地微笑着，深绿的叶子隐在幕后。细看，还有黑嘟嘟、圆滚滚的果子，还有卷须和吸盘，牢牢地吸附着围墙。

墙内，是开阔的校园。墙外，是行道树和居民楼。在它眼里，没有内外之别。墙的每一面，都被它感染了，深深地感染。

生活是一堵墙。我们每个人都需要怒放，需要激情。

十一月的新疆，阳光还是那么火辣，仿佛注入了一整罐的蜜。它们涂在这墙上，涂在色彩斑斓的叶子上，像少女的体香，弥漫在空中。看着看着，我恍然看见一群维吾尔族姑娘穿着长长的大摆裙在跳舞。旋转，旋转，像海浪在翻滚，像云霞在蒸腾。裙摆飘飞，旋出一层又一层，无限的活力在开拓，却总也见不到边。

那么，它到底叫什么名字？

在网上进行相关搜索，显示是三花槭，可信度91%。可我不信。问温宿三中的王书记，说是爬山虎。

我还是不信。

记忆中的爬山虎,是绿色的,叶子有五个角,像孩子的小手掌。每当夏季来临,它们就爬啊爬,爬出一墙苍翠的深情,看着心旷神怡。到了秋季,它们的叶子就逐渐枯黄。但我从来没见过爬山虎的叶子是圆形的,还会如此火热地"跳舞"。

来到做讲座的地方,来自温宿县各校的老师已经在等我了。我说起围墙上的火红,他们齐齐地回答:爬山虎。

莫非,它是新疆火辣的阳光、温差大的气候、碱性强的水土养育的吗?

新疆的爬山虎,应该再来个别名,就叫"舞蹈红"。

我的声音,仿佛正挽着爬山虎,在阳光下火热地旋转。

滋养生命的选择

2021年9月3日凌晨一点四十分，我从浙江东阳来到了新疆温宿。

时间，就在此时定格。我的人生，也在此时开启凌晨模式。

凌晨，一个多么美丽的词语。它的身后，站着蓬勃的希望、飞溅的喜悦以及傲娇的情怀。

从此，我成了一名援疆人。

远方，对我来说，一直只是一个符号。如今，这个符号成了有血有肉的明天。

我曾目睹某人退休的情景：抱着一个纸箱子，离开了待了一辈子的办公室。老人落寞地说，"一下子感觉很空，好像什么都没有了"。

一个纸箱子，装进了一个人的职场一生。

这种感觉，让人惊恐。

我问自己，多年以后，我也只能回望这没有波澜的人生吗？我也只能承受茫然的失落吗？

不，我不能。

我是人民教师，我是中共党员。我应该"像风一样奔跑，像风一样不知疲倦"（罗扎诺夫）。人的一生，只是风的一个片段。但我们要"做风的君王"（阿多尼斯），让自己的生命更有价值和意义。

援疆，就是滋养生命的选择。滋养自己，也要滋养他人。

美丽的新疆，像一位久违的老朋友在召唤我。我心中的梦想也像新疆早晨美丽的云雾一样在升腾。我要服务新疆，帮助新疆，让美丽的新疆更美丽。我要向新疆教师、新疆人民学习。学习他们独特的民族文化，学习他们吃苦耐劳的精神。同时，我要丰富自己的人生，让个人平凡的力量，穿透心上的茧壳，濯洗心上的尘埃，让自己成为一个脱离低级趣味的人，有着更大格局、更大担当的人。

一名党员，就是一面旗帜。援疆党员在哪里，党旗就飘扬在哪里。我，作为一名1998年入党的老同志，更为情怀而来。为党育人，为国育才，是我的使命。我积极开发教材，出版作文指导书籍、散文集等十几部作品，举办专题讲座十多次。我有16个徒弟，来自不同的学校和县市。我给我们团队建了一个群，经常在群里分享试卷、教学资料、课堂实录、师生参赛信息、杂志投稿邮箱，还有我的下水作文等。我组织的评课磨课、同课异构、上示范课等多达近百次，赢得广泛好评。

在2021年基础教育精品课遴选工作评选活动中，徒弟林玲的《与朱元思书》获得省级优秀的荣誉，张亚平的《美丽的颜色》获得县级优秀的荣誉。在2021年温宿县中小学新教师现场课大赛活动中，徒弟陈志豪获得第二名。为了帮徒弟打磨出一节理想的课堂，我甚至半夜起床写下创意点。一天到晚，我心心念念的都是一个个课堂环节设计，认真推敲每一个细节，力求完美。

我带领徒弟们提升教育教学理念，完善教育教学艺术，带领着温宿县第三中学、温宿县第六中学、温宿县第八中学、温宿县第二小学、阿克苏市第二小学、库木巴什乡中心小学、温宿县第四中学等学校的学生发表文章几十篇，足迹遍及浙江、山西、吉林、湖南、山东、河南等全国各地。在温宿县第六中学上了诗歌示范课后，我当晚批阅出学生写的所有诗歌，挑选不错的作品一一打出来投稿。《作文与考试》的编辑觉得孩子们写的这些诗歌非常好，用了六版的篇幅推出。我积极参与石榴籽融情工程建设，让温宿县第三中学的学生和东阳市吴宁镇初级中学的学生结对子；我自己出钱给学生发奖学金，给学生送零食、学习用品和杂志，给他们送自己写的书，并一一写上赠言；我积极参与浙阿"同心杯"中小学生现场作文竞赛，指导教师和学生，并联系后方事宜。在浙阿"同心杯"作文现场大赛中，阿秋团队的崔莹莹、徐艳、钟寒新、王霞、高喜梅、李秀花等老师指导学生获得了一等奖；李亚青、陈志豪、林玲等老师指导学生获得了二等奖；叶芙蓉、何海霞、张亚平等老师指导学生获得了三等奖。

读书泉声满沧海，下笔流云走泰山。我发现这里的老师和学生几乎不看书，就带领教师通过阅读、写作、反思，完善自己，成就自己。我给徒弟们布置了阅读和写作的任务，每月设置了不同的主题。学生们没有写摘记的习惯，我就指导他们阅读和写摘记，相信时间会慢慢给出答案。

温宿县教科所组织了几次全县的讲座后，校长们纷纷请我去上示范课。我应邀去过温宿县第四中学、温宿县第六中学、温宿县第八中学、新和县依其艾日克乡中学、乌什县国庆中学、库木巴什乡中心小学、温宿县第五中学等。温宿县第四中学的杨莉校长评价说，"学生在思考，所有听课老师也都在思考，大家都被王秋珍老师一个个有趣的课堂问题吸引了。"

2021年12月9日到11日，我应邀参加了浙江省援疆指挥部、阿克苏地区教育局主办的浙阿基础教育大教研联盟活动，上课、评课和做讲座，获得了很高的评价。后来，我又应邀参加了几次讲座，反响很好。

学生们作文的发表，刷新了温宿县第三中学的历史，给了当地的老师和学生很大的惊喜。七（3）班学生热依曼·阿不都克然木高兴地喊道："我的天啊，简直不可思议！没想到我的名字和作文能登上报纸，太惊喜了。非常感谢老师的指导，我一定多阅读、多积累，争取写出更多更好的作品！"

指导老师陈志豪说："一位优秀的语文老师是什么样？一位有气质的语文老师是什么样？当我见到阿秋老师的那一刻，一切有了答案。当我看到学生的诗歌登报的那一刻，我觉得简直是奇迹。这让我相信，以前那些不可能实现的事，只要有了阿秋老师的帮助，定能化腐朽为神奇。"

校长艾合麦提·艾合太木激动地说："我以为三中学生发表不了作文，没想到还上了专版。我要做成展板，好好展示展示。"徒弟李亚青说："没有爱心就没有教育，没有热忱就没有伟大。阿秋老师的爱心和热忱是最感染我的地方，她总是戴着'彩虹眼镜'去欣赏生活中的小确幸。她的眼里满含星辰，也用一言一行感染着我们，和她的每一次交流我都倍感温馨。"

徐艳和崔莹莹是美术专业的老师，主动要求加入到我的团队。她们非常珍惜这份情谊。温宿县第三中学年级组长杨积勇老师专门给我写了一篇文章，表达了他对我的赞赏之情，并托我的徒弟交给我。

很荣幸，我被浙江省援疆指挥部推荐为"先进典型人物"。

《荆棘鸟》中麦琪对拉尔夫神父说："我知道，我也了解……我们每个人身上都有摒弃不了的东西，即使它会使我们高叫着死去。"这种摒弃不了的东西，在我看来便是爱，对教育一以贯之的爱。

我要把这份爱，洒在新疆这片美丽的热土上：关心爱护学生，为他们的成长输送养分；积极履行"传帮带"职责，为新疆打造带不走的人才队伍，也给自己的人生打造坚强和奉献的底色。

簌簌衣巾落棗花

第四輯

岁月不居,时节如流。屡变星霜,光阴荏苒。总有一些记忆如钉楔木,总有一些回想似灯掌夜。我们的心中都有一只泥做的杯子,里面盛满了酸甜苦辣的浆液。这,就是生活烟火味的本色。

路痴如何抵达远方

他的眉头拧得紧紧的，头顶仿佛聚积了大片乌云。

我不等那些乌云变成大雨，就说："我可以的。"

话说出来顺顺溜溜，内心却如在山路上奔跑，忐忑不已。

去年，教育局吕老师让我去拿"东阳市完美教室"的证书。我拿到证书后，怎么也找不到出口。怎么走都不对，急得我腿脚发软。后来，我让保安直接送我出了大门。他在门口等得焦急，却不忍责怪，说："是我不好，我应该和你一起走进去的。"

前天，也就是 2021 年 8 月 31 日，教育局单老师通知我，赶紧去人民医院体检。我左冲右突，问了一个又一个，才找到了每年都要去的体检中心。到达时快 11 点了。好在有朋友帮忙招呼，护士长全程陪同，帮我完成了体检任务。

9月1日，他坚持陪我去教育局交体检结果。"这是三楼，回来按的是二楼的电梯。一楼是地下室了。"去了人事科，出出进进，他都在门口。

"这里就像迷宫。"我看着那些幽深的走廊，感觉它们每一个方向都是不可知的迷途。"这边。""这边了。"当我东张西望的时候，他的声音就会及时响起。

下午，局里通知我明天就出发去新疆。从通过选拔到出发，中间就隔了一天。这短短的时间里，没有方向感的我，要搞定一张张表格，一份份资料，跑一个个地方。好在同事们给力，纷纷帮忙。一直到晚上一点，我洗了头发，他照常帮我吹干，我却怎么也找不到眼镜了。

我离开那875度的近视眼镜，就成"瞎子"了。

找到的时候，眼镜已经成了"一只蝴蝶"，一侧的翅膀歪歪的，将断未断。原来，吹头发的时候，我的屁股一直压着它。

疲劳和不安，已经完全麻醉了我的神经。

夜从来没有这么黑、这么静。我的泪水一个劲儿地跑出来，跑到他的身上。

"你的身体，吃不消的。""你走丢了，怎么办？""一年半，实在太久了。"……

他说的，都是实情。

这也是我的顾虑。可我，还是想去。

以前，我每次看到志愿者去边远地区支教就特别佩服，我和他叨叨："等我退休了，也要发发我的光。"

他指着报纸说："上厕所要去野外，你不怕蚊子和狼吗？路况这么差，你不怕呕吐到虚脱吗？"

远方，对我来说，只是一个符号。如今，我只想钻出老日子的茧子，去见识一个全新的世界。

9月2日，我俩早早起床。他把衣服和鞋子帮我装好，指着拉杆箱说："这里摁一下，会拉长。这样就能推。再摁一下，就缩回去了。"我第一次接触这玩意儿，感觉心里很慌。这么笨重的家伙，还一下带两个，我怎么驾驭得了？那些路不平的地方，可怎么办？

可我什么也没说。

他又看着我的红裙子说："这么长，会不会不好走路？"

这条裙子，原本的长度是能拖到地上的。后来，我裁掉了五厘米，点起蜡烛烫了边。它大大的裙摆，纯正的大红色，总是会点亮很多双眼睛。

上午，两位校领导陪我去教育局开了会，学校还送了我一大束鲜花。领导在会上说："这次初中语文竞争激烈，我们拍板王秋珍你，是很看好你啊！"我暗暗地想：千万不要辜负大家的期望啊！

午饭后，校长安排包主任送我到萧山机场。一路上，我都在忐忑。怎么进机场哪，怎么找到他们哪？

我一路问，进入T3航站楼就站着不动了。我拍了照片发到群里。领队童老师很快找到我，过来告诉我怎么做，我却选择继续等。后来我们东阳的蒋老师和李老师也到了。他们一下就看到了我。

和团队会合后，大家看着我的裙子说："这红裙子，好。"

我笑着说："我就是怕自己走丢了，方便你们找我啊。"

阿克苏的太阳

太阳明晃晃的，像一锅刚煮好的粥，表面看起来并不狂野，其实能热得你暗暗叫苦。

这是新疆阿克苏的太阳。

出发前，董老师用他的经验提醒我："你要多带防晒霜、补水液、维生素之类的。"我连忙"哦哦"应声，非常感谢他的关心。

可是，我的行李箱里没有放进任何这类东西。

我的脸，从来都是清水伺候，没有这个霜那个乳的待遇。体检、填表格、备资料、拍照片、打疫苗、办保险、腾办公室等等，这不少人需要花费一个月时间的工作量，我只有两天的时间。

先生很是着急。我说："没关系，到了那边可以去超市买的。"事情总有个轻重缓急，在我看来，这是完全不必担心的。

然而，然而呀。

我马上领教到了"厉害"。

我们要进行居家观察。打扫好房间，我们就开始学习文件、写体会、表决心以及备课等。洗好的床单没地方晒，直接铺在床上，它自己就能干了。感觉脸有些紧绷，一照镜子，斑点不知什么时候探出了脑袋。它们冲着我一个劲儿地做鬼脸，我却无可奈何。看了一会儿文件，发现鼻子有情况，原来是鼻血不请自来，那毫不客气的姿态，直让我担心它会厚着脸皮赖着不走。

住处老是停水。拿出攒着的一点儿水想洗脚，发现脚后跟白花花的一片，还有了裂缝。就像当年父亲造房子时，自己拌水泥、拌石灰的手和脚，把艰辛和不易都明明白白地变成了象形文字。

原来，这就是干，干燥的干。

我对空气的湿度没有任何想象力。这次，直接略去想象的翅膀，我被上了形象的一课。领导在会上郑重地说："一定要多喝水。要多频次地喝，小口小口地喝。"

喝了这么多年的水，才知道这个平常的动作，也是有学问、有讲究的。

我拿出了西洋参,那是先生装进拉杆箱的。我取出两三片,放进杯子里,期待着它们在和沸水交融后,能和"干"干上一场,最好把它打得落花流水。

当然,如果西洋参的战斗力不够,还有水果可以"策马扬鞭"。我们的房间几乎没缺过水果。第一天,温宿四中的领导送给我们一人一盒水果。第三天,温宿三中的书记又送过来两盒。马奶子、苹果、梨子、无花果、新鲜核桃、西梅、李子等,每一种都比家乡的水果甜了几度。一定是新疆热辣辣的阳光把它们吻得如此甜蜜。

事物总有两面性。你不喜欢过于干燥的空气和紫外线超强的阳光,却爱这干燥和火辣后的甜蜜。

我们要做的,只有适应和面对。

我给自己定下了"战斗"时间。每天早饭前,吃一点儿水果。一天烧两次水,过一会儿喝上几小口。晚上起夜,每次喝一口水。

此刻,我正站在窗前。阳光如松针般簌簌落地。天地间一片暖意。

一切,都是刚刚好。

每一种善都长着记性

"岁月似飞鸟，人生弹指老。当下，老王已老，阿秋未秋。

"喜获南疆飞来的一片美善，身处江南的我，犹温一盏淡淡的清茶，品一碗幽幽的香茗；醉了秋色，醉了时光，醉了心怀。

"烟火人间又一秋，红尘岁月再一程。

"阿秋，欣赏你斗胆包天远赴他乡的气魄，将渺小卑微甩了几条大街。这必将蓬勃你创作的生机，灿烂你曾经的忧伤。共事二十余载，你我之间，没有锱铢必较的冲突，唯有肝胆相照的深情。这友情，恰似指缝间流泻的一束光，辉煌了我们色彩斑斓的愿景。

"岁月不居，时节如流。屡变星霜，光阴荏苒。总有一些记忆如钉楔木,总有一些回想似灯掌夜。我们的心中都有一只泥做的杯子,里面盛满了酸甜苦辣的浆液。这,就是生活烟火味的本色。

"阿秋,种得人间桃李满,春风无地不开花。但愿你的冀望,能羽化成一首隽永的童谣,在生命的长河里,给那些认识你和不认识你的人生过客,轻快地掀起炫酷的涟漪。"

在新疆这个寒冷的早晨,同事长长的留言瞬间击中了我,感动了我。这个自称老王的人,身份证上叫王一航,我们爱叫他王大大。他是个热心肠的人,我不知道得到过他多少帮助。我的所谓付出,实在不能和得到的相比。

王大大的留言,我看了一遍又一遍,每一次都会产生新的感动。他是懂我的。这份懂,是多么难能可贵啊!

我很庆幸,在我的生命之路上,能遇到那么多善良的人。

"亲爱的,你是想养个小馋猫吗?"

"你好有心哪。真好,我本来还想去买呢。被你关心,很幸福。"

这是宁波的美丽才女噜啦啦。她是一位小学老师,也是一位声线很美的播音员;她是长跑运动员,也是一位优秀作家。温婉漂亮的她有个像男孩子一样的名字叫冯志军。这个名字是我很久以后才知道的。我们一直没有互动。有一天,我收到了一大箱头天打捞的宁波海鲜,都是我们平时无法享受到的高端美食。

她看我不运动,又寄给我一红一黑两双运动鞋,比我自己买的鞋子还要合脚。

她看我爱用披巾,又寄给我一条手织披巾。每次戴出去,我的身上都会落满目光。他们看的自然不是普通的我,而是噜啦啦的这条不普通的披巾。我试着搜找类似款,无果。我确认,这是一条独一无二的披巾。这份爱,更是独特可爱。

善良的噜啦啦,是那么美丽。她由内而外的那份光芒,你光看她的朋友圈,就能感觉到。

"亲爱的秋,在想象着你越来越强大的同时,又担忧着你的身体。加油,阿秋。身体不适还是要及时看医生,说不定那里的医生有经验可以对症下药,毕竟食疗只能养生不能治病哦。"

同事田田莲叶有一颗细腻的心,她心灵手巧,很会肯定人,夸奖人。她还是一个自律的人,坚持运动,使自己健康瘦身几十斤。而我,一天到晚不运动,又超级爱吃。她的这份毅力,让我敬佩,也让我汗颜。

"阿秋很大气,也很高贵,是让我们仰视的人。"

留言的是我的同事沈婷婷。其实,大气和高贵,都属于她。

我来新疆后，她几次打电话来关心，像长者一样念念叨叨，感觉什么都不放心。其实，她比我小多了。

我很少买衣服，甚至几次三番穿出二十年前的衣服。我对物质的要求不高，又特别恋旧，觉得明明能穿上或重搭的衣服，扔了可惜。婷婷却莫名地心疼，硬拉着给我买衣服买鞋子，好像那些都是她家开的店。她还经常发给我健康养生的信息，图文并茂，指导我按摩什么穴位，吃哪些食材有助于保养身体。她就像自己的名字，那么美好，那么和悦。

每一种善都长着记性。每一种善都有来处和归途。河流的方向，是由善良宽厚的土地决定的。身边点点滴滴的善，终将凝聚成一个火球，温暖我们这颗在尘世里跌打滚爬的心。

22号是谁

我从没见过这么早的风。凉丝丝的,像被小猫的舌头舔过。阿克苏,这个我只知道苹果很甜很甜的地方,它的风,也带着甜甜的气息。

接待我们的人来得也很早,他们带着苹果一般的笑容,站成了风中的苹果树。

下了飞机,我以为还很早,看了手机我才发现,已经是凌晨。此时是9月3日凌晨一点四十分。

坐上接我们的汽车,孔指挥长就笑眯眯地问:"22号是谁?"有人提醒说,就是那个最后来的。我反应过来,赶紧站了起来。

"就是你呀，穿红裙子的老师。"

我们这个援疆团队中有 22 位老师。他们八月十几日就入了群，而我，进群才一天。

"你是临危受命。"徐副指挥长说。这就是我和援疆的缘分。就像一场突如其来的爱情，让人心慌，更让人心动。

蒋老师告诉我，他们单单体检，从联系预约到完成，前后就花了一个星期的时间。而我，只用了一天。出发前的晚上，才通知我要办理保险。我次日早上就完成了办理保险的各项工作。短短两天的时间，我一直在奔跑。像红裙子一样，风风火火的。而我的速度，来自同事与朋友的助力，来自爱人的支持，来自我的情怀。

到了温宿县第四中学的食堂，等待我们的是远远就能闻到香气的牛肉刀削面。碗里面还盛有荷包蛋、花生米、橄榄菜等。我正端着面条找座位，只听孔指挥长说："穿红裙子的老师，我们坐一起。"

红裙子，居然成了我的代号。

如果有一天，领导和老师一见我就说："哦，你就是东阳来的王秋珍呀！"那我一定是最幸福的。而这样的待遇，我不知道要努力多久。来到陌生的地方，一切都从零起步。

孔指挥长又热情地问了我几个问题，让我心里暖暖的。他还说，从大处讲，我们要有家国情怀；从小处说，我们要为自己的人生添彩。

诚哉斯言。

吃了这个不知道应该称晚饭还是早饭的美味刀削面,我们来到住处。我们要支援的学校是温宿县第三中学,住的地方是温宿县第四中学。把笨重的拉杆箱拉到四楼,对我而言,绝对是个世界性难题。每个老师的拉杆箱里,都装着一个"家",那里有四季的衣服和鞋子,有各种各样的生活用品。男老师包括领导,纷纷发扬风格,鼓起劲儿,一个台阶一个台阶地把女老师的行李搬上四楼。一路过来,超级大的行李,移上移下,我们女老师都不用操心。这个温暖的团队,分明是我们在新疆的家。

房间门上贴了一张纸,上面写着房间号和入住者的名字。老师们一一找到名字,进了房间。可是,我没有找到自己的名字。

胡局撕下北边那排的一张纸,说:"这里,是你的房间。"

我就是我,独一无二的我。

我想起那次受邀去某地上课的开场白:同学们,我叫王秋珍,请跟我读一遍。

捡到一排别墅

新疆是个好地方，地域宽广，占我国国土面积的六分之一。矿产资源非常丰富，单说石头，就有托帕石、蛋白石、彩泥石、金丝玉、宝石光、戈壁彩石、泥石等几十上百种。

不过，你要远远地跑到罗布泊、克拉玛依、玛纳斯、阿勒泰、哈密去碰运气。这运气，和一个不读书的孩子突然考上北大的概率差不多。

突然有一天，群里炸了锅。那个从宁波来到金华，如今又来到新疆的小蔡同学，捡到了一块铁陨石。

小蔡采用图文并茂、言之凿凿的方式，给我们普及了铁陨石的知识，比如它的外形、吸铁性、价格，以及陨石群分布等。

小蔡的铁陨石重3.08千克。陨石一克800多元。以800元计，小蔡捡到了24640000元。温宿的房价3000元一平方米，小蔡可以买下一排别墅。小马说道："干脆买个小区。"

小蔡再次图文并茂道："2000年，新疆博物馆考古工作者在新疆阿尔泰地区发现了面积达数平方公里的铁陨石群。2021年10月5日凌晨五点，新疆库尔勒附近有流星雨。"

末了，他还来一句："你们去的话，磁铁借你们。"

蠢蠢欲动的，何止我们四个人。磁铁被抢先拿到手，我们租了一辆车出发了。

此行去的是离我们最近的一条河。一路上，我们看到的是金黄色的稻田，稻子矮矮的，整个田畴很平整。这里都采用机器作业。行道树多是杨树，笔直挺拔。

师傅说，石头多是捡着玩玩的，要想捡到值钱的，难。

我们奔赴的是吐木秀克镇。它位于天山托木尔峰南麓，库木艾日克河以北。我们决定在库玛力克河里捡石头。下车远望，眼前就像一个苍茫的戈壁，没有树，没有任何阻碍物，只见一片白灰色的戈壁上，长着一丛丛灰头土脸的芨芨草、红柳。石头多得像天上的星星。右侧前方，是一个个粗壮的桥墩。

脚下的石头，沉默着，坚硬着。有的草，把花朵一样的身躯送给了石头，乍一看去，就像石头开出了花。有的石头，真的在身体里藏了花儿，一朵一朵，仿佛盛开的菊花。有的石头，里面包裹着很多小石头,好像一位母亲,在灾难来临时,把所有的孩子一股脑儿揽在了怀里。有的石头,全身都是花纹,一圈一圈,像维吾尔族姑娘的裙子。

沧桑的石头,不再年轻。它们见过了太多的故事。有星空的,有河流的,有人间的。它们把自己的记忆,凝结成了花纹。

石头聚在一起,仿佛一场集体的狂欢。其实,它们是一个一个孤独的个体。这是一种彻头彻尾的孤独,它们独自承受车辆的碾压、沙土的裹挟,以及太阳的暴晒、河水的冲刷。

石头有自己的思维。它们经历了太久的岁月,有了丰富的阅历和独到的见解。它们知道人间有一个词,叫"遇见"。它们知道有一个更美的词,叫"缘分"。

是啊,我和石头的遇见,何尝不是缘分呢?

我的塑料袋马上装满了。我朝着前方的背影喊:"回去吧?"

"还没开捡呢。你怎么饥不择食啊!"

我前进也不是,后退也不是。石头这么重,我的脚被拖住了。

我只好把石头放下,往前走。

走过硬硬的石头堆,走过软软的沙土,走了几百米,我才来到河边。这条河,实在太大了。它"瘦身"以后,还是那么"胖"。如果水位上涨,把这些石头没入水中,简直是一个很大很长的湖。河水清澈冰凉,不会又是天山雪水吧?

小吴是精挑细选的模范。她初步捡到喜欢的石头后,就在河边清洗，根据花纹和质地，再确定是否收入囊中。我拿起她捡的一块石头看，上面的纹路如树枝婆娑，线条简洁干脆，宛如一幅中国水墨画。捡到通体黑色的石头，她就拿出磁铁试，没吸住，就果断舍弃。

小蒋捡到了一颗小石头，通体白色且圆润，就像一粒大纽扣。他准备送给女儿当礼物。

我不懂石头，只觉得这里的石头和家乡的都不一样，它们有颜色，有花纹，每一块都是石头中的美人。

两点钟的时候，师傅喊我们要回去了。我辗转找回我的石头，一拎起，塑料袋提手就断了。我用背包选了一半，像个驼背老妪，把石头背到了车上。

小李帮我把石头拿到了宿舍。大家一看，羡慕我这个瞎捡的人居然捡了一块菊花石。

这就是遇见，这就是缘分。

几天后，小蔡在叫卖："铁陨石，2000元成交。"

有人回应："友情价，20元。"

居家观察的女生

"阿秋,阿秋。"

这群女生又在叫了。

她们在走廊上走来走去,嘻嘻哈哈,开心得像一群小麻雀。

"我们都是大妈。""大妈好啊,都很慈祥。"……

房间的每一扇门都敞开着,就像一颗颗敞开的心。

早餐九点半,中餐一点半,晚餐七点半。饭后,老师们都要运动一下。这个楼层,任由 14 位女生折腾。还能折腾出什么呢?只能在走廊上走过来,又走过去。

她们每每喊我,我都懒得动。

"你这么能吃,又不运动,身材怎么还这么好?"有人用两只手来量我的腰。不过一天的时间,大家就无话不谈了。

我最爱走进一个个房间,看她们怎么折腾。

房间里,有布艺沙发、木质衣柜、写字桌和床。这四样东西原本摆放的位置是一模一样的。老师们调动大脑细胞,拖这个,移那个,把它们来了个乾坤大挪移。于是,房间的个性和主人的喜好,得以和谐发展。

只有我,没有折腾。

"不忘初心,保持原生态。欢迎你们常来参观。还有,在卧室宅久了,记得去卫生间散散心。"

大家哗啦啦笑了。"这笑声,才是减肥剂啊,比你们走来走去效果好多了。"

其实,在机场会合时,我们没有任何交流。我感觉那一个个口罩后的面孔是冷静的。我不知道该怎么融入。

现在看来,所有的担心都是多余的。

"我爱你,阿秋。""可是,我配不上你啊。"我很认真地回答。

另一个声音在笑声里问:"阿秋,你几岁了?""打死也不说,女人哪能没有秘密。"见我这么固执,对方继续问:"你儿子读几年级了?"看看,还想"曲线救国"。我才不上套呢!

"年龄就在我脸上写着呢,自己观察去。"有人真的凑了上来,恨不得用显微镜来细细观察。

我的脸仿佛发出了噼噼啪啪的声音,被她们的目光杀得

"片甲不留"。那些数不清的皱纹和斑点，都羞愧得想躲起来。但我依然说："我是年年18岁啊。没办法。"

"18岁的阿秋。"这个声音把我带到很多年前。我的学生也这样叫我。

我们的生理年龄无法改变，那么就让我们学会寻找开心吧！如果这种快乐的情绪能影响学生，何尝不是一件美事呢？

安徒生童话里有个故事《老头子做的事总是对的》：为解决温饱问题，老头子出门去卖家里唯一的财产——一匹马。老头子把马换成牛，又把牛换成羊，羊换成鹅，鹅换成母鸡，最后换了一袋烂苹果。老头子每次讲起自己的交易，老婆子都说："太棒了。我亲爱的老头子，你做的事永远是对的。"如果我们每个人都是这样的"老婆子"，那会抛掉多少烦恼啊！

想到这儿，我看向这群女生，感觉她们都成了快乐的"老婆子"。

月亮最会数亲人

公众号"金华援疆"在中秋上午发出了我的一篇文章《迷人的月色,请捎回我们的情话》。十点半,指挥部孔指挥长一行赶到温宿县第四中学看望我们,祝我们中秋快乐。孔指挥长说:"我没想到我们这里还来了位作家。王秋珍,你那封情书写得很不错,北京大学门口的那张照片,很有气质。"

第一次在远离家乡万里的新疆过中秋,这么大的人了,我还是忍不住伤感。"我看到情书了,是公开的。"他说。他不知道,这些文字,都是我接到的任务。我从来不愿意在人家的公众号上发东西的,"金华援疆"是个例外。他问:"你后悔吗?"我自然不后悔。可不后悔是真的,想家也是真的。

当家乡人晚上7点欣赏月亮的时候，这里的太阳还明晃晃的，正把热情洒在我的木床和布艺沙发上。

晚上10点，有人在群里喊，月亮出来了。我没有心情看月亮。

我的窗帘到了晚上，就会留出半扇窗。这样，风会跑进来，月色会跑进来。晚上，我把手机里的照片拷贝到电脑里，写了三篇公号文，就想早点休息了。上午，他看了我《金华援疆》上的文字，说："写得很好！按照新疆时间睡，东阳时间起。起这么早干吗，应该再睡个回笼觉，这样才能精神饱满！"又道，"实在睡不着，那就数羊！"我答："数学不好，数不了。"

月色已经不声不响地跑进来，在我的床上坐下了。它穿着洁白的婚纱，戴着发亮的皇冠，手上还捧着一杯醇厚的牛奶。我看了它一眼，再看了它一眼，心说："你只顾着自己美。美吧，美吧。"披着床角的月色，我解衣。柔和的光线里，我的肌肤光滑细腻、线条柔美。其实，它已在新疆干燥的气候里做了俘虏。

我从来不在床上数羊。家里又没有羊，数再多也不是我的。我会想想家里的鸡、家里的猫、家里的鱼和乌龟，还有——家里的人。脑子像上了发条，东想想，西想想。泪水滑过耳边，落在枕头上。嗡嗡嗡的耳鸣声一直很尽职地淬炼着我，它要把我打造成一个坚强的女人。

可我只想撒撒娇,哭哭鼻子啊!

月亮分明最擅长欺负人。你那么圆,那么圆,却让多少人的心那么缺,那么缺啊!

嫁给数学老师

从来没想过要嫁给老师，尤其是数学老师。

听说数学老师太严肃，没有幽默细胞。可一开始那人就给了我一个大大的幽默。

那人把情书寄到了我们学校，居然是某某转。而某某的名字又写错了。我的同事把这封不属于他的信拿走了。好多天以后，那人在跑错了几个村庄后，找到了我家，问起信的事情。

我终于找到了这封信。它已经没有了信封，信纸上有着很多的褶皱。可以想见，信的内容已经被传播。

有了这个开头，我顺利收到88封情意绵绵的信，然后，嫁给了这位数学老师。

这到底是数学老师无意的错误，还是有意的算计？我至今找不到答案。

一年后，语文老师和数学老师的儿子出生了。大家都说，这孩子基因好，肯定文武双全。儿子三岁时，有人问他："小朋友，你是男生还是女生呀？"

儿子回答："爸爸和妈妈一起生。"

数学老师像没听见一样，他可能正在心里演绎"1+1=3"的伟大命题。语文老师在一旁体验着脸红的感觉。

读书时，我最讨厌做数学题。那些数字和图形，简直是张牙舞爪的风，刮得我头皮发麻。

自从嫁给数学老师，我几乎每天都要不自觉地看几眼数学题。那人最喜欢一边看电视，一边刷题。

我看不下去，问："你是看电视的时候顺便刷题，还是刷题的时候顺便看电视？"

那人一本正经地回答："都一样。"

他把身子侧靠着，把脚放在沙发上，埋着头刷题，半天都不用抬头。但只要你问他剧情，他就一是一，二是二，什么都说得清清楚楚。

一天，一天，又一天，数学老师每天都有做不完的数学题。他上下班都拎着一个天青色的袋子，里面装满了近年的中考汇编题和各种真题。我觉得自己每年都在养一名初三的考生。

沙发的垫子被数学老师坐出一个坑。无论怎么看，都很难看。换一个方向垫，又马上坐出了一个坑。

"你就不能工作和家庭分开吗？要刷题就在学校刷。"刷题刷题，那人看数学题的时间远远多于看我的时间。当初那一封封情书上的信誓旦旦，一定全忘记了。

"来不及呀！学生做的题，都要做一遍。学生不做的题，也要做一遍。"数学老师说的话，都很有道理。

想到此生要接受数学题这么一个"情敌"，我肚子里就有了气，又不知该怎么扎出气来。我只能下厨房，给自己清炒苦瓜以求理气，给数学老师做补脑的菜肴，比如蒸鸡蛋、鱼头炖豆腐。

我烧好饭菜，一一盛好。喊一声，再喊一声，那人放下试卷，进入进补模式。

可是，他头顶的发，还是日渐稀疏了。

"数学老师用脑过度，容易秃顶。"当初好友说这话的时候，我当她是开玩笑。没想到时间也是一道证明题。

一想到某一天，我将和一个秃顶的男人一起逛街、走亲戚，我的脸就一阵发热。

一次，我写的读书征文获奖，得了一张购书卡。我让数学老师戴上棒球帽，和我一起去新华书店挑书。

我喜欢休闲类的书，这样看着身心放松。当我拿着散文、菜谱的时候，数学老师挑的是《庄子》《古文观止》《西方哲学史》，把我惊得眼镜都差点滑下来。我感觉空气正被挤压。

"你怎么不挑《百年孤独》呢？"我顺势想推动一下我和他之间的空气。这本书看着累，我看了没几页，就放弃了。

"读师范的时候看过。工作后，又看了一遍。确实不错。"

咚！我又掉进了一个坑。还是自己挖的。我想我的脸一定红了，不然，那经过数学老师和语文老师之间的风，怎么会热热的呢？

2022年，我跑到了万里之外的新疆支教，终于不用看数学老师刷题了，不用看他拿着笔看《庄子》《古文观止》了。我松了一口气。

没想到，才过了三天，我就想他了。没有数学老师在身边，就像空气里没有氧气，就像菜里没有放盐。

3月8日，我在新疆九点的早晨起床时，发现数学老师发过来一串数字，那是一个3838.38元的微信转账。他还自制了一张粉红色的贺卡，上面写着：

我心爱的秋、了不起的秋：

　　祝你美丽如鲜花永远绽放，自信如阳光永远青春，美好爱情永远相伴。

他还把我和他初识的照片做了背景,发了过来。而这一切,都是在凌晨三点零八分的时候完成的。想着我家这位贪睡的数学老师半夜为我费心思,我的眼眶,倏地湿润了。

有人爱你爱到了顶

黑发如瀑，长发齐腰。

这是我。曾经的我。

余秋雨说："人生的最大悲剧就是某一天照镜子时发现额角早霜的一丝白发，这一丝白发的悲哀远胜过莎士比亚戏剧里的毒药、爱情与谋杀。"如果说，一丝白发就是一杯毒药的话，毒药已经成了浩浩汤汤的湖泊，不用喝，就能将我淹没。

我一直在种时间。时间慢慢长大，像院子里的马唐草，蓬蓬勃勃。可我，却没有能力给自己的头顶种草。我可怜的头发，在如常的时间里，或如箭镞般纷纷落地，或被冬天决绝地收入阵营。

我的心，如玻璃般碎了一地。每一片，都冲着我龇牙咧嘴。哪个女人能接受这样的无情？

这时，有人出现了。

他拿出那把红色剪刀，把白头发挑起一根，将剪刀尖挨到底部，轻轻一下，白发到了手心，再放进一旁的盆里。他的手碰到头发的感觉，痒痒的，像小鱼儿亲着我的脚指头，像风儿吻过我的耳根，更像那份名叫爱情的菜肴。

我时而追剧，时而翻书，难免头部会动一下。他担心把黑头发也带入剪刀口，显得格外小心。

一剪，就是两个多小时。我叨叨："累了，累了。"

他说："再坚持一下。快了，快了。"

"脖子太酸了，你要负责任。"摁完我的脖子，我起身去照镜子。"鬓角还有几根。"我嘟着嘴巴坐回。他又开始剪。

我的白发就这样暂时消失了。不大见面的朋友见到我，总会说："阿秋，你怎么一点儿没变啊。我都有很多白发了。"

我告诉对方头发的秘密，对方酸酸然："我家那位，打死也不肯的。"

一次，我心血来潮，非要给他剪白发。白发像泥鳅，怎么也捉不稳，好不容易上手了，又被黑发搅了局。把黑发赶走了，白发又被剪刀卡住了，哧地一下，似乎是头皮在叫喊。才成功剪去三四根，手臂就酸了。

有了这次体验，我有时会问一声："累了吧？"

"不累，不累。"这个说不累的男人，真的把剪我的白发当作很享受的事情。过上几天，白发重新长出来，芽儿一样倔强地挺立着。他又催我坐下。

如今，我的白发已经开始任性，可我的他，却在万里之外。一个在祖国最西端的新疆，一个在最东端的东阳，遥远的空间让我的头发没了依靠。

情来对镜懒梳头，暮雨萧萧庭树秋。没有他在身边，我变得不敢照镜子。

记得援疆出发前，我问："我的头发怎么办？到时变成白发魔女了，会把学生吓坏的。"他说："就是白发露出来，你也是年轻的。有的人，十几岁就长白发了。"这个理科男，还会睁着眼睛说瞎话呢。

在爱的国度里，很多东西，喜欢沉睡。

但它们必将在分离的日子里——苏醒，像鱼一样游过我的脚踝，游过我的发丝，带来水花的湿润和粼粼的星光。

你这是长征刚回来

小时候，我见过一双很可怜的脚。

脚跟像一只眼睛撑开，可以塞进一粒黄豆。有时，它跑出血来，能粘住袜子。

这是我父亲的脚。造房子的时候，父亲除了砌砖头，几乎什么活都自己干，他的双脚裸露着踩在水泥上。父亲当过货郎，甚至徒步去过嵊州，他的双脚负载了太多的辛酸。

可我，每天穿着袜子，坐在办公室，怎么也有了一双可怜的脚？它裂开了，像一只细长的眼，委屈着。它的周围，是白色的裂纹，毫无章法，却都在述说着不适。

我把它拍了照，附言：像90岁了。

短短半小时里，我收到了60多条留言。每一条的背后，都站着一个心地柔软的人，见不得他人受苦，恨不得马上替我摆平脚上大事。

山东厉剑童老师说："天哪！这是双小女人的脚？这是长征刚回来！快去治治吧！"

北京的"大树"说："你发个地址，我快递一瓶东西给你擦擦，看是否有效果。"

郭小胖说："晚上用热水泡脚，泡好后用干净的布擦干，再厚厚地涂上凡士林，用保鲜膜包好。不要包太紧，以免影响血液循环。然后穿上袜子。第二天早上再去掉保鲜膜。坚持一段时间，会有效果。"

"风从草原来"发来信息说："血糖高不高啊？你测一下血糖。脚是神经末梢，如果血糖升高，得积极诊治。"

小优说："每天晚上泡脚，泡好用维生素E抹上厚厚一层，再穿上棉袜，连续一个星期就会好很多。"

武义的刘镇益老师说："建议用口服药物。看状况，外用药已经很难起作用了。"

小草儿说："你把没有颜色的唇膏涂在裂开的缝里面，或者再贴上创可贴，然后穿上袜子睡觉。"

方法还真多，有的建议擦凡士林，有的建议擦马油，有的建议用白醋泡脚，有的建议抹开塞露，有的建议用橘皮泡脚，有的建议穿乳胶后跟的袜子，有的建议多休息，更有几位网友直接向我要收货地址。

我没有给地址。新疆的学校，不代收信件和快递。有快递要跑到附近的社区去取。再说，如此麻烦朋友们，甚至是从来不曾见面的朋友，也实在过意不去。

来到万里之外的新疆，离开他的陪伴，我再也没有泡过一次脚。我的脚也许受不了这样的反差，抗议了。再加上我的适应能力弱，受不了这里的干燥，我的脚有意见了。

正想着，姚姚送给我一支护手霜。这是她从家乡带过来的。她自己不用，给了我。上面绿色的字写着：鹅油祛裂润肤膏。后来，她又拿了一盒什么霜给我，上面全是英文。几天后，我又收到朋友从远方寄来的裂可宁霜。

在这么多或遥远或切近的目光监督下，我的脚估计再不敢闹脾气了。

有多少爱，就有多少暖

温宿县语文教研员发给我几段听课感言，其中就有温宿县第八中学的钟寒新老师和叶芙蓉老师写的内容。

钟寒新老师说：

"阿秋老师，我喜欢您的课堂。您讲课由浅入深，不断设悬念，不仅是学生被您的悬念吸引，我们所有的听课老师也在您的悬念里无法抽身，真希望一直这样沉浸在您的课堂里。

"我喜欢您的语言，您的语言让我耳目一新；亲切的语调，为学生营造了一种轻松、民主的学习氛围。尤其是最后的一句'谢谢同学们'，深深地打动了我，在此我要由衷地向您说一声

'谢谢'。

"总之，虽然仅听了您一节课，但是我已经深深地喜欢上了您，欢迎您来到我们八中，让我们八中也能目睹您的风采，把您的这份温暖传递给我们八中，让我们八中的全体师生也能做一个像您一样温暖的人！"

叶芙蓉老师说：

"终于见到传说中的阿秋老师了，有缘万里来相会，感谢阿秋老师的到来，为我们温宿的语文教师带来了一场又一场视觉盛宴，您那款款深情如涓涓细流静静流淌，流进每位语文老师和学生的心里。这是一种怎样地对生活的热爱、对文字的爱恋，才能让阿秋老师像仙女一样温柔可爱？希望在这一年半援疆岁月里，阿秋老师在作文教学方面毫笔大挥，为我们带来更多的成长……我们温宿八中欢迎阿秋老师的到来！"

当时我在温宿县第四中学上了一堂作文课。有位老师一个劲儿地说："阿秋老师，我真的太喜欢太喜欢你了。"她是温宿县第八中学的王霞老师，大学时选修的是维吾尔语。

没想到这个周六，缘分又续上了。王霞、钟寒新和叶芙蓉三位老师约我去阿克苏市区。来到新疆两个多月了，我还没有出去逛过一回，更没有买过一件衣服。当时出来很仓促，很多东西都无暇顾及。

新疆的老师特别辛苦,周末加班是他们的常态。三个人把最宝贵的时间给了我,王霞老师还患重感冒呢!我特别强调,晚上我回学校吃,否则就不去了。

到了商场,我没看到特别喜欢的衣服,价格倒是高得离谱。

于是,转战别处。这里的价格是真正的平价。我看中了一条黑裤子,老板给搭了一件低领的薄款上衣。新疆室内有暖气穿不了高领。我一试正好。叶芙蓉说,有了衣服、裤子,还该有鞋子呀。又带我去买鞋子。

走着走着,手上又多了件白衬衫。"很好看,衬托你的气质。你们开会也用得上。"我从试衣间出来,大家直说好看。这个拎衣服,那个拎包。女老板羡慕道:"你的待遇真高啊!"

"这是我们师父,是大作家。必须的。"

三个人约我继续逛。我要求回去了。她们的时间如此宝贵,已献给我大半天了,我怎么可以继续耽误她们呢?于是走向停车场。边上有卖烤羊肉串的,她们非得让我吃了羊肉串再走。一进去,她们又点了鸽子汤。四块鸽子肉,我吃了两块。

大半天时间,她们把所有的目光和热情都给了我,没有为自己买过任何东西。我不知道该如何来回报这份热情和真诚。

有多少爱，就有多少暖。三位老师的爱，像一个无线电台，向我输送着欢欣、年轻和美好。我把这一切储藏在心里，来度过新疆的冬天，度过每一个或荒芜或繁华的日子。

新疆的稀奇事

用机器吹树叶

春天来了,草木蓬勃生长。

四月初的新疆,阳光已经热情得过分,可一眼看去,路边的法国梧桐还在睡大觉,枯黄色的老叶子倔强地站立枝头。它们似乎听不到春风的呼唤,感受不到春阳的抚摸。

有一天,我们坐着中巴车去学校,突然起风了,树叶随风跳起了舞蹈,地上落满了厚厚的黄叶子。

怎么变天了,沙尘暴又来了?

正疑惑间,只见一辆大型的白色车子停在行道树的一侧。

车头像货车，车身写着"浙江金华援建"，车尾呈四十五度角立着一个吹风机，和新疆的造雪机很像。吹风机对着树叶吹出几级大风，老树叶离开了枝头，飘向天空，像一群没有队形的小鸟，蹿来蹿去后落到了地上。

这会是几级风呢？风的级别是不是可以根据被它吹落的树叶的大小和密集度进行确认呢？我真想下车一探究竟。

大家纷纷议论起来。有的说，新疆不下雨，老叶子掉不下来。有的说，老叶子不肯掉下来，新叶子就没位置了。

落叶和长叶，不是草木生长过程中最自然的现象吗？如果不动用吹叶机，老叶会坚持到什么时候呢？

叶子是植物主要的"蒸腾作用器官"，越冬休眠时，树木也需要养分，为了调节体内平衡，法国梧桐等都需要落叶，以减少养分的损耗。莫非是新疆几乎无雨的气候和碱性超强的土壤，让法国梧桐改变了脾性？

树上挂泥土

周末，我们被安排去五团团建，看看杏花，采采香荠。一路上，满眼是广阔的戈壁滩，看见零星的几朵杏花开得闹腾。

"那是什么？白白的，是包着的水果吗？"一闪而过的满树白，让我想起大姨给梨子套袋。可现在才初春，什么水果这么早就可以套袋了呢?

"是泥土。"司机艾衣提·托乎提师傅说。

泥土!

纵然被人称机灵,我的脑子还是半天转不过来。那一树树白色的袋子,像广玉兰一样绽放着。它们竟然是泥土!

司机不擅长讲汉语,也不大爱交流。对于挂泥土的前因后果,他无法延续话题。后来,我问了来新疆三十年的老乡,和一位专门种苹果的老板,终于找到了答案。

苹果树不同于核桃树和枣树等可以用机器采摘,不能哗啦哗啦摇晃,再一股脑儿装好。苹果树必须人工采摘,采摘时还要小心翼翼地,不能有伤疤,不能有磕碰。如此,苹果树的枝条就不能由着它任性生长。挂泥土就是为了给苹果树拉枝。七月份时,苹果树的韧性最好,最适合拉枝。将苹果树附近的泥土装进塑料袋,大的树枝挂大袋的泥土,小的树枝挂小袋的泥土。此外,被拉枝之后的苹果,光照更充足,会更甜。到九月中旬,地上还要铺反光膜,这样苹果上色可以快一点儿,也更好看。

地毯挂墙壁

新疆维吾尔族家庭,使用最多的物件是地毯。一日,我应阿斯古丽·木尔扎提老师的邀请去了她家。一进屋，目之所及，全是斑斓的花纹。客厅、玄关铺着檀香色地毯，床上铺着绛红色或赭红色地毯，还有一个房间的地面全部铺着毛绒绒的厚地毯，地毯上直接铺着被子，可以随时躺地上睡觉、休息。房间里没有衣柜。衣服、被子等都堆在这个布置雅致的房间里。

新疆地毯被称作东方地毯，工艺复杂，集绘画、刺绣、编织、印染于一体，花纹有鲜明的民族特色，看上去美观大方，摸上去光滑厚重。听阿斯古丽·木尔扎提老师介绍，他们一年四季床上都铺着地毯。讲究的家庭，地毯一年要清洗四次，分别是在五月劳动节、七月古尔邦节、十月国庆节以及春节，这些节日都要清洗地毯。清洗的时候，将一定比例的面粉、精盐和石膏粉混合成糊状，等到成为干块状，将小块撒在地毯上，碾压成粉状，用吸尘器吸净。也可以直接拿到外面的店里清洗。

安外尔·艾拉是一位美术老师，他告诉我，新疆地毯按照功能可以分为铺毯、垫毯、褥毯、挂毯等几大类型。地毯彰显的是整个居室的档次和品位。现在还有很大一部分家庭，沿用以前的传统，把地毯直接挂在墙壁上。

这里有什么故事吗？

安外尔·艾拉说，伊斯兰教禁止绘画人物和动物，认为画了人物和动物，就要给其生命。它们死后，就会来找绘画者的麻烦。如此一来，就发展成画建筑图案。手工业发达后，维吾尔族家庭对墙壁和地面都进行了大面积地装饰，慢慢地就形成了民族文化。

床放室外

我曾在库车王府王妃的卧室门口，看见过一张床。当时以为是王妃家的独特摆设。慢慢地，我才了解到，这也是新疆维吾尔族的文化。

一次，古丽波斯旦·依麦尔约我们去克孜勒镇乌克铁热克村过樱花节。我们先来到她家。她家在强尕克村。门口是一个大大的葡萄架，几个月后，这里将挂满甜甜的马奶子。焦茶色的大门中间有一个花青色的方形牌子，上面写着"门"，还注上了汉语拼音。门的上方还有几块牌子，分别写着："安居富民房""平安家庭""抗震安居房"，全部用了汉语和维吾尔语。

进入院子，一侧是一张超大的床，长十米，宽三米，两面靠墙，一面有栏杆。床上铺着地毯，大红的底色，墨红的图案，把整个院子都点缀出了一片亮色。房子都是一层的。房间里是同样颜色的地毯，只是要小得多。依然有一个房间的地面铺满了地毯，堆满了衣物。

我兴致勃勃地走到后院。那里种了不少核桃树，核桃花一串串的，像极了家乡的商陆。树下放着小型的拖拉机，可以用来翻地，还有一头斑点牛和十几头卷毛羊。种羊的脖子上套了一根树枝。

继续回到院子，古丽波斯旦·依麦尔正抱着女儿喂糊糊。

"小宝贝，叫什么名字呀？"

"来自己拿。"古丽波斯旦·依麦尔说。

"来—自己—拿。太有意思了。"我忍不住笑了。

"莱孜娜。"古丽波斯旦·依麦尔的汉语发音比较生涩，我终于弄懂了是哪几个字。随后，我提起了院子里的那张大床。

古丽波斯旦·依麦尔告诉我，这张床用处多着呢。平时可以让孩子在床上玩，可以在床上吃东西、打扑克牌。一般的客人来了，都用外面的床招待。当然，如果公公婆婆、爷爷奶奶或爸爸妈妈来了，就让他们睡房间。

维吾尔族家庭很多人家都在屋子外面放张床。这样既可以招待客人，也是他们对抗夏日高温的法宝。这张床就叫凉床，维吾尔语称"卡拉瓦特"。以前家庭条件普遍不好，不少家庭就直接在屋子外面铺地毯睡觉。

天上太阳地上雨

一年三百六十五天，没有一天下雨。这在新疆，和晚上九点多天色才暗下来，下午三点多吃午饭一样正常。

新疆的树木，都是抗干旱、抗盐碱的。行道树多是新疆杨和法国梧桐，新疆杨被密密地种植，它们抗风、抗烟尘、抗柳毒蛾、耐盐碱。

高个的梣叶槭黄得兢兢业业，它们耐寒、耐旱、耐干冷、耐轻度盐碱、耐烟尘。矮个的金叶榆喜光，它们耐寒、耐旱、耐瘠薄、耐盐碱土。

确实，这些植物没有几把刷子，在几乎无雨的新疆，怎么活下去？

三月和四月的校园，老师和学生都忙着种树。有时，会整天都在校园种树。学生从家里带来的铁锹，或杂乱或整齐地立在教室后面，很霸气地占着一大块空间。

树种好了，就开始灌水。每一畦土地，四周都高出地面几厘米，都安装了一两个超大水龙头。水哗啦啦地奔涌而出，像一道厚重的瀑布。慢慢地，土地就成了池塘，白花花的水，在太阳下泛着波光。

平时，那些身子细细、头部带橘红色的洒水器就大显身手了。它们洒出细细的水，像雨丝密密地斜织着。贴近地面几十厘米的那番天地，幸福地氤氲在雨雾中。牛筋草和马唐草吃满了水，总是成堆成堆地欢乐着。

天上是泼辣的太阳，地上却下着雨。有时还会出现小彩虹。最美的是冬天，下过"雨"的矮树枝上，全挂着冰凌，剔透晶莹，长长短短的，在太阳下闪烁着，迷离着，绚丽着。

新疆的汽车，也像大自然一样优胜劣汰，十辆车里看不到一辆黑色的车。如果想与众不同买一辆黑色的，要不了两三天，新疆独特的天气就能把整辆汽车变成银白色。

下过"雨"的地面，也是白色的，像是谁撒落了很多盐。有时，你会恍然觉得那是雪。试想一下，杏花、桃花、紫薇花、大花金鸡菊等，什么花都能和雪同框，那是怎样的情景？

新疆，让我们的想象力尽情驰骋。